APRIL

APRIL

Yayın No: 239
1. Baskı - Eylül 2025
ISBN: 978-625-6756-10-6

Yayın Yönetmeni: K. Egemen İpek
Çevirmen: Göksel Türközü
Editörler: Nazlı Berivan Ak, Eser Demirkan
Son Okuma: Coşkun Ak
Kapak Tasarım: Tahir Berk Yılmaz
İç Tasarım: ademsenel.com

Baskı: Mega Basım Yay. San. ve Tic. A.Ş.
Sertifika No: 44452

Bu kitabın yayın hakları Rogers, Coleridge & White Ltd aracılığıyla alınmıştır.
This book is published with the support of the Literature Translation Institute of Korea (LTI Korea).

APRIL Yayıncılık
Tarık Zafer Tunaya Sokak
21/3 Gümüşsuyu-Beyoğlu-İstanbul
Tel: (00 90) 212 252 94 38
www.aprilyayincilik.com
bilgi@aprilyayincilik.com

2024 NOBEL EDEBİYAT ÖDÜLLÜ

HAN KANG

YUNANCA DERSLERİ

APRIL

1

Borges kendi mezar taşına "Aramızda bir kılıç varmış," diye yazılmasını vasiyet etti, Japon kökenli bir melez olan sekreteri güzel ve genç Maria Kodama'ya... Maria, seksen yedi yaşındaki Borges'le evlendi ve son üç ayını birlikte geçirdiler. Genç kadın, Borges'in çocukluğunu geçirdiği ve artık gömülmek istediği Cenevre'de onu ebediyete uğurladı.

Bir araştırmacı, kitabında o kısa mezar kitabesinin "tehditkâr gazabın sembolü" olduğunu yazdı. Bunun Borges'in edebiyatına giriş için önemli bir anahtar, neredeyse mevcut edebi gerçeklikle Borges'in üslubu arasına konan bir kılıç olduğuna inanan o araştırmacının aksine, ben bunu son derece sakin ve özel bir itiraf olarak yorumladım.

Bu tek satırlık cümle, eskiçağ Kuzey destanından bir alıntıydı. Bir erkek ve bir kadının aynı yatakta yattıkları ilk ve son gecede, sabaha kadar aralarında uzun bir kılıç duruyordu. O "tehditkâr gazabın" keskin kılıcı, ömrünün sonuna gelmiş Borges'le dünya arasında boylu boyunca uzanan körlük değilse neydi?

İsviçre'ye seyahat etmişliğim var ama Cenevre'ye hiç uğramadım. İllaki onun mezarını görmek gibi bir istek duymadım. Bunun yerine, eğer görseydi son derece büyüleneceği St. Gallen'deki Abbey Kütüphanesi'nde şöyle bir gezindim (bin yıllık kütüphanenin avlusunu korumak için ziyaretçilere giydirilen keçe terliklerin sert dokusunu hatırlıyorum), Lucerne

İskelesi'nden bir tekneye binip günbatımına kadar buzullarla kaplı Alpler'deki kanyonlar arasında gezintiye çıktım.

Hiçbir yerde fotoğraf çekmedim. Manzaralar yalnızca gözbebeklerimin içine kaydoldu. Nasıl olsa kameraya dahil olamayan sesler, kokular ve dokunuşların her biri kulaklarıma, burnuma, yüzüme ve ellerime ayrı ayrı kazınmıştı. Dünyayla aramda henüz kılıç yoktu ve o zamanlar bu benim için yeterliydi.

2
SESSİZLİK

Kadın iki elini göğsünün üstünde birleştiriyor. Kaşlarını çatarak karatahtaya bakıyor.

Kalın camlı, gümüş çerçeveli bir gözlük takan adam gülümseyerek "Haydi, okuyun bakalım," diyor.

Kadın ağzını şapırdatarak dilinin ucuyla altdudağını ıslatıyor. Göğsünün üstünde kenetlenmiş elleri, sessizce ve hızla deviniyor. Dudaklarını açıp kapatıyor. Nefesini bir tutuyor, bir uzunca bırakıyor. Adam, sanki sabırla beklerim ben dercesine karatahtaya doğru bir adım gerileyerek konuşuyor.

"Okuyun."

Kadının gözkapakları titriyor. Haşerelerin hızlıca çırptıkları kanatları gibi. Kadın güçlükle gözlerini kapatıp açıyor. Gözlerini açtığı an başka bir yerde olmayı umarcasına.

Adam, tebeşir tozuna bulanmış parmaklarıyla gözlüğünü düzeltiyor.

"Çabuk, söyleyin."

Kadının üzerinde siyah boğazlı bir kazak ve siyah pantolon var. Sandalyede asılı duran ceket de siyah, kocaman siyah bez çantasına koyduğu atkı da siyah yünden örülmüş. Kılık kıyafeti çarşıdan daha yeni çıkmış birine benzeyen kadının sert yüzü kilden bir heykel gibi cılız.

Ne genç ne de göze çarpacak kadar güzel bir kadın. Zeki bakışları var ancak gözkapakları sürekli seğirdiği için bunu fark etmek zor. Sanki dünyadan kaçıp siyah kıyafetlerin içine sığınmaya çalışıyormuş gibi, omuzları çökük, sırtı kambur ve tırnakları aşırı dipten kesilmiş. Sol bileğinde koyu mor kadife bir saç bandı var ki bu, kadının üzerindeki şeyler arasında renkli olan tek şey.

"Hep beraber okuyalım."

Adam, kadının cevabını daha fazla bekleyemiyor. Kadınla aynı sırada oturan genç üniversite öğrencisine, vücudunun yaklaşık yarısını sütunun arkasına gizlemiş orta yaşlardaki adama, kambur vaziyette pencere kenarına oturmuş iri genç adama sırayla birer bakış atıyor.

Emos, Emeteros. Benim, bizlerin.

Üç öğrenci kısık sesle ve mahcubiyetle tekrar ediyor.

Sos, Hemeteros. Senin, sizlerin.

Kürsüde duran adam kırklarına merdiven dayamış. Cüsseli sayılmaz, kaşları gür, burnuyla üstdudağı arasındaki çukurun hatları belirgin. Dudaklarının kenarında duygularını dizginleyen hafif bir gülümseme var. Koyu kestane rengi fitilli kadife ceketinin dirseklerinde açık kahverengi deri yama var. Ceketin biraz kısa manşetlerinden bilekleri görünüyor. Kadın başını kaldırmış, adamın sol kaşının ucundan ağzının kenarına kadar uzanan ince, beyaz yara izine sessizce bakıyor. Bu yara izini ilk derste gördüğünde, uzun zaman önce akan gözyaşlarının geçtiği yerin işaretlendiği eski bir haritaya benzediğini düşünmüştü.

Soluk yeşil camlı kalın gözlüklerinin ardından adamın gözleri kadının sımsıkı kapalı dudaklarını süzüyor. Dudaklarındaki gülümseme kayboluyor. Yüz ifadesi sertleşince başını çeviriyor. Karatahtaya hızlıca basit Yunanca cümleler yazıyor. Aksanları eklemeden az önce tebeşir ikiye bölünüyor ve bir parçası yere düşüyor.

Geçen yıl, bahar sonlarında bir karatahtanın önünde, elleri işte böyle tebeşir tozuna bulanmış duruyordu kadın. Bir dakika kadar, sonraki kelimeye geçemeden sessiz kaldığında öğrenciler mırıldanmaya başlamıştı. Gözleri fal taşı gibi açılmış önündeki boşluğa bakıyordu... Ne öğrencilere ne tavana ne de pencereden dışarıya.

"Hocam, iyi misiniz?"

En ön sırada oturan kıvırcık saçlı ve şirin görünümlü kız öğrenci sordu. Kadın gülümsemeye çalıştı ama sadece gözleri bir anlığına seğirdi. Titreyen dudaklarını sıkıca birbirine bastırıp dili ve boğazından daha derinden gelen bir sesle mırıldandı:

O şey, geri geldi.

Kırkın üzerinde öğrenci birbirlerinin gözlerinin içine baktı ve "Ne oldu ya? Neden böyle söyledi?" diye fısıldayan sorular, sıralar arasında yayıldı. Kadının yapabileceği tek bir şey vardı, soğukkanlılıkla oradan çıkıp gitmek. O da elinden geleni yaparak sınıftan çıktı. Koridora çıktığı an fısıltılar, sesi patlayan bir hoparlör gibi aniden yükseldi ve kadının taş koridorda çınlayan ayak seslerini yuttu.

Kadın üniversiteden mezun olduktan sonra, altı yıldan fazla bir yayınevi ve editörlük ajansında çalışmış, bu işleri bıraktıktan sonra yaklaşık yedi yıl başkent civarındaki iki üniversitede ve bir güzel sanatlar lisesinde edebiyat dersleri vermişti. Hemen hemen üç dört yıllık aralıklarla derli toplu üç şiir kitabı yayımlamıştı ve iki haftada bir yayımlanan bir kitap inceleme dergisinde yıllardır köşe yazısı yazarak hayatını sürdürmekteydi. Son zamanlarda henüz adı konulmamış bir kültür dergisinin kurucu üyesi olarak, her çarşamba öğleden sonra planlama toplantılarına katılıyordu.

O şey geri geldiğinde, bütün işlerini yarıda kesti.

O şeyin ne bir sebebi ne de bir belirtisi vardı.

Gerçi altı ay önce annesini kaybetmiş, birkaç yıl önce kocasından boşanmış, üç duruşmanın sonunda dokuz yaşındaki oğlunun velayetini kaybetmişti ve oğlu eski kocasının evine gideli beş ay olmak üzereydi. Oğlunu gönderdikten sonra yaşadığı uykusuzluktan dolayı haftada bir kere gittiği saçları ağarmış psikoterapisti, böylesine ortada olan sorunları neden inkâr etmeye çalıştığını anlayamıyordu.

Hayır.

Kadın masanın üzerindeki kâğıda not aldı.

O kadar basit değil.

Bu, son seanstı. Yazılı olarak yapılan psikoterapi çok fazla zaman alıyor ve yanlış anlaşılmalara yol açabiliyordu. Terapistin, onu dil sorunlarıyla ilgilenen başka bir psikoterapiste yönlendirme teklifini kibarca reddetti. Her şeyden önemlisi, artık yüksek tedavi masraflarını karşılayacak maddi gücü kalmamıştı.

♠

Küçükken zeki bir çocuk olduğu söylenirdi. Annesi, kemoterapi aldığı son bir yıl boyunca her fırsatta ona bunu hatırlattı. Sanki ölmeden önce kesinleştirilmesi gereken tek şey buymuş gibi.

Belki de annesinin söylediği en azından dil konusunda doğruydu. Kore alfabesini üç yaşında kendi kendine öğrenmişti.

Henüz ünlü ünsüz ayrımını tam bilmese de alfabedeki tüm harfleri ezberlemişti. Okula başlayan ağabeyi sınıf öğretmenini taklit ederek alfabenin yapısını ona anlattığında daha beş yaşındaydı. Ağabeyinin açıklamasından sonra aklında soru işaretleri belirdi ve ilkbaharın başlangıcındaki o akşama kadar ünsüz ve ünlü harfler hakkındaki düşüncelerden bir türlü kurtulamadı. Bir süre sonra "na" hecesini telaffuz ederkenki "n" sesi ile "ni" hecesini telaffuz ederkenki "n" sesi arasındaki nüansı keşfetti ve ardından "sa" ve "si"* hecelerindeki "s" harfinin farklı okunduğunu fark etti. Aklında birleştirilebilecek tüm çift ünlüleri oluştururken yalnızca "i" ünlüsünün ardından "ı" ünlüsünü getirerek oluşturulabilecek bir çift ünlünün anadilinde bulunmadığını ve bu nedenle yazmanın bir yolu olmadığını gördü. Oysa "ı"nın ardından "i" getirilirse "ıy" şeklinde telaffuz edilen bir çift harf oluşturulabiliyordu.

Bu küçük keşifler onda ne kadar canlı bir heyecan ve şok yarattıysa artık, psikoterapist, yirmi küsur yıl sonra ilk yoğun anısını sorduğunda onun hatırladığı şey işte o zaman avluda çömelirken üzerine vuran gün ışığı oldu. Gün ışığıyla ısınan sırtı ve ensesi... Bir değnekle toprağa yazdığı harfler... Orada zar zor birleştirilmiş harflerin kusursuz uyumu…

Sonra ilkokula gittiğinde günlüğünün arka sayfalarına kelimeler yazmaya başladı. Amaçsız, bağlantısızlardı, sadece onda derin etki bırakan sözlerdi ve bunlar arasında onun en çok sevdiği kelime "숲" (*sup*/orman) oldu. Eski bir kuleyi çağrıştıran somut bir kelimeydi. "ㅍ" kulenin tabanı, "ㅜ" gövdesi ve "ㅅ" kulenin tepesiydi. *Sup* kelimesini telaffuz ederken önce dudaklarının büzülüşünü ve ardından nefesinin

* Korecede "s" harfinden sonra "i" ünlüsü geldiğinde "şi" olarak okunur. (ç.n.)

usulca ve dikkatle dudaklarından süzülüşünü hissetmeyi severdi. Ardından kapanan dudaklar... Sessizlikle tamamlanan kelime... Telaffuz, anlam ve biçim, bunların hepsini sessizlikle çevreleyen bu kelimenin cazibesine kapılarak yazardı. *Sup... Sup...*

Ne var ki annesinin anılarındaki "gerçekten zekiydi" imgesinin aksine, ortaokuldan mezun olana kadar kimsenin dikkatini çekmeyen bir çocuktu. Herhangi bir sorun çıkarmadı ve notları da öyle dikkate değer başarıda değildi. Birkaç arkadaşı olmasına olmuştu ama okuldan sonra onlarla takılmazdı. Yüzünü yıkamaktan başka ayna karşısında vakit geçirmeyen, halim selim bir öğrenciydi, hatta aşka karşı belli belirsiz bir özlem dahi duymazdı. Okuldan çıkınca civardaki ilçe kütüphanesinde ders kitapları yerine edebi kitaplar okur, ödünç aldığı kitapları yorganının altında okurken uykuya dalardı. Hayatının keskin bir bıçakla ikiye bölündüğünü bilen tek kişi kendisiydi. Günlüğünün arkasına yazdığı kelimeler kendiliğinden kımıldanır, tuhaf cümleler kurarlardı. Demir bir şişi andıran sözler ara sıra uykusunu böler, gecenin bir yarısı birkaç kez ürpertiyle uyanırdı. Uykusuzluğu arttıkça sinirleri tehlikeli derecede hassaslaşır, açıklanamayan bir acı kimi zaman kızgın bir demir gibi karın boşluğuna bastırırdı.

En acı verici olan, ağzını açıp söylediği her bir sözün tüyler ürpertecek derecede kulağa net gelmesiydi. Ne kadar önemsiz bir cümle olursa olsun, kusursuzluğu ve eksikliği, gerçek ve yalanı, güzellik ve çirkinliği buz gibi berrak bir biçimde ortaya çıkarıyordu. Kendi dilinden ve ellerinden beyaz bir örümcek ağı gibi çıkan cümlelerden utanırdı. Kusmak isterdi. Çığlık atmak isterdi.

Sonunda o şeyin olması, kızın on altı yaşına daha yeni girdiği kışa denk geldi. Binlerce iğneden yapılmış bir giysi misali onu hapsederek batan dil aniden kayboldu. Şüphesiz, iki kulağıyla konuşulanları duyuyordu ancak kalın ve yoğun bir hava tabakasına benzeyen bir sessizlik kulağının salyangoz kısmıyla beyni arasındaki bir yeri tıkıyordu. Ses çıkarmak için kullandığı dili ve dudaklarına, kalemi sımsıkı tuttuğu eline dair hatıraları da yine aynı şekilde o sağır sessizlikle çevreleniyor ve daha fazla hissedilmiyordu. Artık dil ile daha fazla düşünmüyordu. Dilsiz hareket ediyor ve dilsiz anlıyordu. Konuşmayı öğrenmeden öncesine, hayır, daha doğrusu dünyaya gelmeden öncesine benzeyen, yumuşacık pamuk gibi zamanın akışını emen o sessizlik bedenini içten de dıştan da sarıp sarmalıyordu.

Şaşkınlık içindeki annesiyle psikiyatri kliniğinden alıp getirdikleri hapları dilinin altına saklayıp uzun zaman önce ünlü ve ünsüzleri öğrendiği avludaki çiçek tarhına gömerek ve öğleden sonra gün ışığı altında çömelip oturarak iki mevsim geçirdi. Daha yaz gelmeden ensesi güneşten kararmış, sürekli terleyen burnunun üstünde kırmızı isilikler belirmişti. Gömdüğü ilaçlarla büyüyen ateşçiçekleri koyu kırmızı açmaya başladığında, doktor ve annesi uzun istişarelerin sonunda onu tekrar okula göndermeye karar verdi. Çünkü eve kapanmasının bir faydası olmadığı ortadaydı ve bir şekilde üst sınıfa geçmesi gerekiyordu.

Birinci dönem başlamadan şubat ayında mektup aldığı tek devlet lisesinin bahçesine ilk girdiğinde ürpermişti. Ders konuları epey ilerlediği için sınıfın gerisinde kalmıştı. Öğretmenler yaşa bakmaksızın baskıcı ve otoriterdi. Sabahtan akşama kadar tek bir kelime etmeyen kızla ilgilenen bir sınıf arkadaşı bile yoktu. Öğretmen önündeki ders kitabını okuması için adını söylediğinde ya da beden eğitimi dersinde komut vermesi gerektiğinde öğretmenlerin yüzüne boş boş bakardı, sınıfın en arkasına yollanır ya da tokat yerdi.

Doktor ve annesinin umduklarının aksine, topluluk hayatına dair dürtü onun sessizliğini bozamadı. Aksine, daha keskin ve yoğun bir sessizlik karanlık bir testiye benzeyen bedenini doldurdu. Eve döndüğü kalabalık sokakta, sanki dev bir baloncuğun içinde hareket ediyormuş gibi ağırlıksız yürüdü. Sanki suyun dibinden yüzeye bakıyormuş gibi dalgalanan sessizlikte, arabalar gürültüyle ilerliyor, yayaların dirsekleri, omuzlarına ve kollarına sertçe çarptıktan sonra ortadan kayboluyordu.

Uzun bir süre geçtikten sonra kendi kendini sorgulamıştı.

Kış tatili başlamadan önceki o sıradan derste, sıradan bir Fransızca kelime ona dokunmamış olsaydı... Tıpkı körelmiş bir organı hatırlar gibi bilinçsizce dili hatırlamamış olsaydı...

Çince veya İngilizce değil de illaki Fransızca olması belki de liseden beri tercih edip öğrendiği bir yabancı dil olmasından kaynaklanıyordu. Her zamanki gibi sessizce karatahtaya bakan gözleri bir yerde sabitlendi. Kısa boylu, saçlarının yarısı dökülmüş Fransızca öğretmeni kelimeyi işaret ederek telaffuz etti. Kararsız dudakları küçük bir çocuğunki gibi kımıldanmaya çalıştı. *Bibliothèque.* Dili ve boğazından daha derinlerden gelen bir mırıltı duyuldu.

O ânın ne kadar önemli olduğunu hiç fark edememişti.

Korku henüz belirsizdi. Acı, sessizliğin içinde sıcak devrelerini açığa çıkarmadan önce tereddüt yaşıyordu. Yazı, ses ve başıboş anlamın buluştuğu yerde, sevinçle suç birer fitil gibi birlikte usul usul yanıyordu.

Kadın, ellerini masanın üzerine koyuyor. Tırnak kontrolünü bekleyen bir çocuk gibi dimdik otururken başını eğiyor. Adamın sesinin sınıfta yankılanışını duyuyor.

"Geçen derste, eski Yunancada etken ve edilgen çatıların dışında üçüncü bir çatı olduğunu kısaca açıklamıştım değil mi?"

Kadınla aynı hizada oturan erkek öğrenci başını kuvvetle sallayarak onaylıyor. Tombul yanaklı, alnı sivilceyle dolu, zeki, haylaz bir izlenim veren felsefe bölümü ikinci sınıf öğrencisi.

Kadın başını pencere tarafına çeviriyor. Tıp öncesi eğitimini zar zor tamamlamış ancak başka hayatların sorumluluğunu almak mizacına uymadığı için tıp okumaktan vazgeçip tıp tarihi okuyan yüksek lisans öğrencisinin yüzünü yandan görüyor. Gıdısı çıkmış tombul yüzünde siyah, yuvarlak kalın çerçeveli bir gözlük olan iriyarı genç, ilk bakışta gamsız birine benziyor ve ders aralarında sivilceli öğrenciyle yüksek sesle habire şakalaşarak zaman geçiriyor. Ancak ders başlar başlamaz hemen tavrı değişiyor. Hata yapmaktan korktuğu ve her an gergin oluşu apaçık belli oluyor.

"Bizim orta çatı diye adlandırdığımız bu çatı, özneyi dönüşlü olarak etkileyen bir eylemi ifade eder."

Pencerenin ardından, kasvetli görünen apartmanlarda tek tük yanan turuncu ışıklar parlıyor. Henüz yeşermemiş genç, geniş yapraklı ağaçlar, kara kuru dallarının siluetini karanlıkta gizliyor. Kadın sessizce o ıssız manzarayı, iriyarı yüksek lisans öğrencisinin korkmuş yüzünü, Yunanca eğitmeninin solgun bileğini izliyor.

Yirmi yıl aradan sonra geri gelen sessizlik ne eskisi kadar sıcak ne yoğun ne de keskin. İlk yaşadığı sessizlik doğumdan öncekine yakınken, bu seferki ölümden sonraki sessizliğe benziyor. Eskiden dalgalı suyun içinden suyun dışındaki dünyayı seyrediyormuş gibi hissetmişken, şimdi sert duvarlar ve yerin üzerinde dolaşan bir gölge olup büyük bir akvaryuma konmuş hayatı dışarıdan izliyormuş gibi hissediyor. Her dil duyulabiliyor ve okunabiliyor ancak dudaklar açılıp ses çıkarılamıyor. Bedenini kaybetmiş bir gölge gibi, ölü bir ağacın boş kovuğu gibi, göktaşları arasında kalan karanlık boşluk gibi soğuk, cılız bir sessizlik.

Yirmi yıl önce anadilinin değil de başka bir dilin bu sessizliği bozacağını tahmin bile edemezdi. Şimdi bu özel dil kursunda eski Yunanca öğreniyor olması, kendi iradesiyle dili yeniden kazanmak istemesinden. Birlikte ders aldığı öğrencilerin orijinalinden okumak istedikleri Platon'a, Homeros'a, Herodotos'a ve geç dönemlerde yazılmış, sadeleştirilmiş Yunanca eserlere o hemen hemen hiç ilgi duymuyor. Daha bilinmedik metinlerin yazıldığı Birmanca veya Sanskritçe kursları olsaydı, tereddüt etmeden onlara yazılırdı.

Örneğin, 'satın almak' anlamına gelen bir eylem için fiilin orta çatısını kullanırsak, bir şey satın aldığımız ve sonunda o şeyin bizim olduğu anlamına gelir. 'Sevmek' eylemi için orta çatı kullandığımızda, bir şeyi sevdiğimiz için bizi etkilediği anlamına gelir. İngilizcede '*kill himself*' ifadesi var değil mi? Yunancada, '*himself*' sözcüğü olmadan orta çatı kullanarak tek kelimeyle konuşabiliriz." Eğitmen böyle söyleyerek, karatahtaya yazmaya başlıyor:

Διεφθάρθαι.

Kadın tahtaya yazılan harflere tek tek bakarken eline kalemi alıyor. Kelimeyi defterine yazıyor. Bu kadar katı kuralları olan bir dille hiç karşılaşmamıştı. Fiiller öznenin durumuna, cinsiyetine ve tekil çoğulluğuna göre, çok aşamalı zamana göre ve üç çeşit çatıya göre tek tek biçim değiştiriyor. Şaşırtıcı derecede ayrıntılı ve titiz kurallar sayesinde cümleler tam tersi oldukça sade ve anlaşılır. İlla bir özne kullanmaya gerek yok. Cümlede öğelerin diziliş sırası önemli değil. Üçüncü şahısta bir erkeğin özne olduğu ve belirsiz bir zamanda meydana gelmiş bir olayı gösteren geçmiş zaman kipinin kullanıldığı, orta çatıya göre değişen bu tek kelime "O, bir kez kendini öldürmeye çalıştı," anlamını barındırıyor.

Sekiz yıl önce dünyaya getirdiği, artık kendi elleriyle büyütemediği çocuğu, konuşmaya ilk başladığı sıralarda, kadın bir kez rüyasında, tüm insanlığın dillerini barındıran tek bir kelime görmüştü. Sırtı sırılsıklam ıslanmıştı, öylesine gerçekçi bir kâbustu. Muazzam bir yoğunluk ve yerçekimiyle sıkıca bağlanmış tek bir kelime. Biri ağzını açıp o kelimeyi telaffuz ettiği an, evrenin yaratılışındaki büyük patlama gibi patlayıp genişleyen bir dil. Ne zaman uyumamak için mızmızlanan çocuğunu uyutmaya çalışırken uyuyakalsa, rüyasında o muazzam ağırlıktaki dile ait kristallerin, sıcak kalbine, kıpırdanan kalp karıncıklarının ortasına soğuk mu soğuk bir patlayıcı gibi yüklendiğini görüyordu.

Yalnızca hatırası bile ürkütücü olan o hissi, dişlerinin arasında ezerek yazmaya devam ediyor:

διεφθάρθαι (bozuk).

Buzdan bir sütun kadar soğuk ve sert dil.

Son derece kendine yeten bir dil, başka hiçbir kelimeyle birleştirilip dile getirilmeyi beklemeyen...

Nedenselliği ve tavrı geri dönülmez şekilde belirledikten sonra nihayet dudaklarından dökülebilen dil.

♠

Gece dingin değil.

Yarım blok ötedeki otoyolun gürültüsü kadının kulak zarını binlerce paten bıçağı gibi çizik çizik ediyor.

Yaralı yapraklarını her yöne dökmeye başlayan mor manolya, sokak lambasının ışığında parlıyor. Dalları eğecek kadar çok çiçeğin cümbüşünü, ezilince hoş bir koku yayacakmış hissi veren bahar gecesinin havasını ortadan ayırarak yürüyor kadın. Yanaklarından hiçbir şeyin akmadığını bildiği halde ara ara yüzünü iki eliyle siliyor.

El ilanları ve faturalarla dolu posta kutusunu geçerek asansörün yanında tüm ağırlığıyla duran birinci kattaki giriş kapısına anahtarı takıyor.

Tekrar velayet davası açarak onu geri almayı planladığı için evde çocuğun izleri olduğu gibi duruyor. Eski kanepenin yanındaki alçak kitaplıkta üç yaşından beri çocuğuna okuttuğu resimli kitaplar var ve hayvan çıkartmalarıyla süslenmiş karton kutular küçüklü büyüklü Lego parçalarıyla dolu.

Yıllar önce, çocuğu gönlünce oynayabilsin diye özellikle en alt kattaki daireyi tutmuştu. Ancak çocuk ne tepiniyor ne de etrafta koşturuyordu. Kadın salonda ip atlayabilirsin deyince çocuk sormuştu: *Solucanlar ve salyangozlar gürültüden rahatsız olmaz mı?*

Yaşıtlarına göre ufak tefek, narin yapılı bir çocuktu. Korkunç sahneleri olan bir kitap okuduğunda ateşi 38 dereceye kadar çıkar, gerildiğinde ya kusar ya da ishal olurdu. Çocuk, baba tarafının ilk ve tek erkek torunu olduğu, artık çok da küçük olmadığı için, eski kocası onun ruhsal olarak aşırı hassas olduğunu ve bunun çocuğu kötü yönde etkilediğini iddia ederek (ki ergenlik döneminde aldığı psikiyatrik tedavi kayıtları aleyhine kullanılmıştı), geçen yıl çalıştığı bankanın genel merkezine terfi eden eski kocasına kıyasla geliri de epey yetersiz ve düzensiz olduğundan son davayı da kaybetmişti. Artık gelir kaynağı tamamen ortadan kalktığına göre, şu an için yeni dava açması da mümkün değildi.

Kadın ayakkabılarını çıkarmadan ön kapının eşiğine oturuyor. İçinde oldukça kalın eski Yunanca ders kitabı, sözlük, defter ve yayvan bir kalem kutusunun olduğu çantasını yere bırakıyor. Sensörlü sarı ışık sönene kadar gözlerini kapatıp bekliyor. Karanlık olunca gözlerini açıyor. Karanlık yüzünden kapkara görünen mobilyalara, siyah perdelere ve sessizliğe gömülmüş karanlık verandaya bakıyor. Yavaşça dudaklarını aralamışken hemen kapıyor.

Kalbine yerleştirilmiş soğuk mu soğuk patlayıcıya doğru ilerleyen ateş artık yok. Şimdi kanın akmadığı damarın içi gibi, birden duran asansörün boşluğu gibi dudaklarının içi bomboş. Kuruluğu devam eden yanaklarını elinin tersiyle siliyor.

Gözyaşlarının aktığı yola bir harita çizseydi keşke.

Keşke kelimelerin akıp çıktığı yola iğneyle izler, en azından kan izleri bıraksaydı.

Ama çok korkunç bir yoldu.

Dilinden ve boğazından daha derin bir yerden mırıldanıyor.

3

On dört yaşındaydım, yaz başıydı.

Dolunayın küme küme, kara bulutların arkasına bir gizlenip bir kendini gösterdiği pazar gecesiydi. Ne kadar silinse de bulanık bir lekenin kaldığı gümüş bir kaşığı andıran dolunayı seyrederek karanlık kaldırımda yürüyordum. Bir an için, gizemli ve huzursuz edici şifreye benzeyen bir hale, mor bir daire çizerek bulutların üzerine yayıldı.

Suyuri'deki evimizle 19 Nisan Anıtı'nın olduğu kavşağın arası otobüsle sadece üç duraklık bir mesafeydi ama çok yavaş yürüdüğüm için saat epey geç olmuştu. Köşedeki kitapçıya vardığımda, yanındaki elektronik mağazanın vitrinindeki birkaç televizyonda aynı anda akşam haberleri başlamaktaydı. Kitapçıya girdiğimde, üzerinde buruş buruş gri bir gömlek ve askılı bol pantolon olan orta yaşlı adam dükkânı kapatmaya hazırlanıyordu. Dükkân sahibinden sadece beş dakika izin istedikten sonra hızla raflar arasında gidip gelerek kitap seçmeye başladım. İşte tam da o sırada elime aldığım kitaplardan biri, Jorge Luis Borges'in Budizm üzerine verdiği halka açık derslerin çevirisi olan cep boy kitaptı.

O zamanlar Budizme dair izlenimlerim, yaklaşık iki hafta önce annem ve kız kardeşimle birlikte gittiğimiz Nilüfer Çiçeği Fener Festivali'nde hissettiklerimden ibaretti. O zamana kadar, kısacık ömrüm boyunca gördüğüm en güzel görseldi diyebileceğim o manzaraya o gün ve gece boyunca bakmıştım. Ana tapınağın ön avlusunda, onlarca ince ve mor Kore kâğıdı *Hanci* parçalarının tek tek kıvrılıp katlanmasıyla yapılan çiçek yapraklarının yapıştırıldığı nilüfer fenerleri iplere asılı halde, gün ışığının altında salınıyordu. Tapınakta sadece o güne özel olarak verilen sade erişteyi yemekhanenin önündeki zelkova ağacının gölgesinde yedikten sonra karanlığın çökmesini bekledik ve akşam fenerler aynı anda yanmaya başlayınca kendimden geçtim, adeta büyülenmiştim. Fenerlerden sıcacık mum ışığı sessiz sakin sızarken, zifiri karanlıkta katman katman sallanan yüzlerce kırmızı ve beyaz kâğıt fener... Artık eve gitme vakti, diye annem ısrarla beni çekiştirse de ben bir adım bile atamamıştım.

İki ay sonra ailecek Kore'den ayrılmak zorunda olduğumuzu annemden öğrendiğim o pazar sabahı neden kâğıt fenerler capcanlı halleriyle gözümün önüne gelmişti acaba? Fener ışıklarının üzerimdeki etkisinin dini bir saygıdan biraz farklı olduğunu hafiften seziyor olsam da annemin bolca verdiği parayla temel Almanca kitabı ve konuşma kasetleri almaya gittiğim gece, cep boy *Sutta Nipata* ile *Dhammapada*'yı, Hyonam Tapınağı'dan çıkan, kapağı nilüfer desenli *Mahayana Sutra Dersleri* ile *Nirvana Dersleri* adlı kitapları büyük bir tutkuyla seçmiştim. Sanırım bu kitapları dünyanın öbür ucundaki Almanya'ya kadar götürerek ailemin ve kendi kaderimin güvende olacağına dair belli belirsiz ve batıl bir umuda kapılmıştım.

Borges'in o ince kitabının listeme girmesinin nedeni, bir Batılı tarafından yazıldığı için muhtemelen temel giriş kaynağı olarak işe yarayacağına dair gerçekçi beklentimdi. Kitabın yeşil kapağının üst kısmında, gözleri yarı kapalı, dua edermiş ya da bir şeyden pişman olmuş gibi ellerini göğsünün üstünde birleştirmiş Borges'in siyah beyaz fotoğrafı vardı ki, o zamanlar buna özel bir dikkat göstermemiştim.

Almanya'da geçirdiğim on yedi yıl boyunca o kitapları yavaş yavaş defalarca okudum. Bazı geceler sırf Korece harflerin biçimini incelemek istediğimden bir sayfayı çevirmeden uzun zaman geçirdiğim olurdu. Hangi kitabı açarsam açayım, o yaz başlarındaki gecede Suyuri'nin serin havasını kollarımda hissederdim. Bulanık gümüş bir kaşığı andıran ay ile gizemli ve huzursuz edici bir şifre gibi görünen mor haleyi o kitaplar sayesinde unutmadım.

Böylelikle Hyonam Tapınağı'ndan çıkan *Mahayana Sutra Dersleri* en sevdiğim kitap haline geldi (O denli parlak imgelerle dolu düşünce sistemini daha sonrasında hiçbir kitapta bulamadım). Öte yandan, Borges'in kitabı tahmin ettiğim gibi basit ve geniş bir içeriğe sahipti ve bu yüzden diğerlerine kıyasla hızlıca bir göz atıp kitaplığa koymuştum. Belli bir süre geçtikten sonra, üniversiteye girip onun romanlarını ve eleştirilerini Almanca okuyunca, ancak o zaman bu kitabı yeniden açıp baştan okuduğumu hatırlıyorum.

Bu sabah, bu ince yeşil kitap aklıma yine geldi ve depodaki kutudan çıkardım. Sayfalarını birer birer çevirirken kaba el yazısıyla yazılmış bir not buldum. Borges'in "*Dünya bir yanılsama, yaşamaksa rüya görmektir,*" cümlesinin hemen altındaydı.

Bu rüya nasıl bu kadar capcanlı olabilir, kanlı canlı ve sıcacık gözyaşı mı döküyor ki?

Ardından Almanca hayat, hayat diye rasgele yazıp kalın yatay bir çizgiyle üzerinin çizildiği anlaşılıyordu.

Benim el yazım olduğu aşikâr olsa da ne zaman yazdığımı hiç hatırlayamadım. Yalnızca Almanya'daki öğrencilerin not alırken kullandıkları lacivert mürekkeple yazıldığını anlayabildim.

Masanın çekmecesini açarak deriden, eski, gri kalem kutusunu buldum. Hatırladığım gibi dolmakalem içindeydi. Almanya'ya taşınmamızın hemen sonrasından üniversitenin ikinci yılına kadar defalarca ucunu değiştirerek kullandığım bir kalemdi. Sadece hafif çizikleri olan ama kırılmamış kapağını çıkarıp masanın kenarına koydum ve ucundaki kurumuş mürekkebi eritmek için banyoya götürdüm. Lavaboyu tıkayıp suyla doldurarak kalemin ucunu batırınca lacivert ince bir ipliğe benzeyen mürekkep, dalgalanan bir çizgi çizerek durmadan yayılmaya başladı.

4

μὴ αἴτει οὐδὲν αὐτόν.
Hiçbir şey sormayın.

μὴ ἄλλως ποιήσῃς.
Başka türlü yapmayın.

Kadın uğultuyla hep bir ağızdan eğitmenin söylediklerini tekrar eden öğrencilerin arasında sessizce oturuyor. Yunanca eğitmeni artık kadının sessizliğine karışmıyor. Arkası dönük çapraz dururken yumuşak bez silgiyi tutan elini ve kolunu kaldırarak büyük hareketlerle yazı dolu karatahtayı siliyor.

Öğrenciler, eğitmen tahtayı silmeyi bitirene kadar sessiz kalıyor. Sütunun arkasında oturan sıska, orta yaşlı adam belini dikleştiriyor ve yumruğuyla sırtına vuruyor. Sivilceli felsefe öğrencisi, işaret parmağını sıranın üzerindeki akıllı telefonun ekranında gezdiriyor. İriyarı yüksek lisans öğrencisi, karatahtadan hızla silinen cümleleri izliyor. Cüssesine göre daha ince görünen dudaklarını açıp duyulmaz bir sesle kaybolan kelimeleri okuyor.

"Hazirandan itibaren Platon'u okuyacağız. Tabii dilbilgisi çalışmaya da devam edeceğiz."

Yunanca eğitmeni temizce sildiği tahtaya yaslanarak beyaz tebeşire dokunmadığı sol eliyle gözlüğünü kaldırıyor ve devam ediyor:

"Başlangıçta, sessizlikten sıyrılarak yalnızca 'o-o', 'u-u' gibi bölünmemiş seslerle iletişim kuran insanoğlu, birkaç kelime oluşturduktan sonra dil yavaş yavaş bir sistem kazanır. Bu sistem zirveye ulaştığında, dil son derece teferruatlı ve karmaşık kurallara sahip olur. Eski bir dili öğrenmek de işte bu yüzden zordur."

Eğitmen elindeki beyaz tebeşirle tahtaya bir parabol çiziyor. Soldaki yukarı doğru olan eğim dik, sağdaki iniş ise kademeli ve uzun bir parabol. İşaret parmağıyla parabolün tepesini göstererek ekliyor:

"Zirveye ulaşmış bir dil işte o andan itibaren ağır ilerleyen ve kademeli bir parabol çizerek daha kullanışlı bir hale dönüşür. Bu bir anlamda gerileme ve yozlaşmadır ancak diğer anlamda ilerleme olarak da görülebilir. Günümüzde Avrupa dilleri, böyle uzun süreçlerden geçip daha az katı, daha az teferruatlı ve daha az karmaşık hale dönüşmüştür. Platon'u okuyarak, binlerce yıl önce zirveye ulaşmış eski bir dilin güzelliğini tadabilirsiniz."

Sözlerinin devamını getirmeden bir süre susuyor. Sütunun arkasında oturan orta yaşlı adam yumruğuyla ağzını kapayıp boğazındaki tıkanıklığı temizlemek ister gibi kesik kesik ve alçak sesle öksürüyor. Bir kez daha uzun öksürünce alnı sivilceli üniversite öğrencisi dönüp göz ucuyla ona bakıyor.

"Başka bir deyişle, Platon'un konuştuğu Yunanca tıpkı tam düşmek üzere olan olgun bir meyve gibiydi. Onun neslinden sonra antik Yunanca hızla zayıflamaya başladı. Dil ile birlikte eski Yunan devletleri de aynı şekilde çöküşe doğru ilerledi. Bu açıdan baktığımızda, Platon yalnızca dilin değil, aynı zamanda kendisini çevreleyen her şeyin günbatımına tanıklık etmiş sayılır."

Kadın, eğitmene kulak veriyor ama tüm sözlerine odaklanamıyor. Bir cümle uzun bir balık gibi parçalara ayrıldığından, balık pulları misali ekler ve edatlar uzaklaşmayarak kadının kulağının içine çivi gibi çakılıyor. Sessizlikten sıyrılarak... O o, u u... Bölünmemiş sesler... Birkaç kelime...

Söz yitimi yaşamadan önce, yani dili kullanarak yazı yazdığı zamanlarda, bazen kullandığı sözcüklerin şöyle şeylere yakın olmasını isterdi: Bir inilti veya sessiz bir çığlık. Kesik kesik inleme. Hırıltı. Uykulu bebeği rahatlatan mırıltı. Kıkır kıkır gülüş. Bazı dudakların buluşup ayrılma sesi.

Az önce kullandığı kelimelerin biçimlerine bakarken bazen onları okumak için dudaklarını araladığı olurdu. İğneler saplanmış bedenler gibi o yassı biçimlerin ve okumaya çalışırken geciken kendi sesinin ne kadar farklı olduğunu hemen anlardı. Okumayı bırakıp yutkunurdu. Tıpkı bir kesiğe hemen bastırıp kanamayı durdurmak ya da tam tersine, kanı zorla dışarı çıkararak damarlara mikrop girmesini engellemek gerektiğinde olduğu gibi.

5
SES

Şu anda bu mektubu okuyorsan ve eğer bu mektup bana geri dönmediyse, ailen hâlâ hastanenin ikinci katında yaşıyor olmalı.

18. yüzyılda matbaa olarak inşa edildiği söylenen taş bina muhtemelen şu sıralar solgun sarmaşık yapraklarıyla kaplanmıştır. Avluya çıkan taş basamaklardaki çatlaklarda ufak tefek menekşeler açmış ve solmuş olmalı. Karahindibalar da solmuş ve muhtemelen geriye yalnızca soluk bir hayalet misali yusyuvarlak tohum başları kalmıştır. Kalın ve koyu noktalama işaretlerini andıran karıncalar sıra sıra merdivenin kenarından inip çıkıyorlardır.

Her gördüğümde farklı renklerde gösterişli *sari*ler giyen Bengalli annen her zamanki gibi güzel mi? Soğuk mu soğuk gri gözleriyle benim gözlerimin içine dikkatle bakan yaşlı Alman baban hâlâ göz doktorluğu yapıyor mu? Doğurduğunu duyduğum kızın büyüdü mü? Bu mektubu okuduğun şu an, kızını anneannesine ve dedesine göstermek için kısa bir ziyaret mi yapıyorsun? Kuzeye bakan eski odanda kalarak bazen bebek arabasıyla nehir kenarında yürüyüşe çıkıyor musun? Sevdiğin o eski köprünün önündeki bankta dinlenirken hep cebinde taşıdığın film parçalarını çıkarıp gözüne tutarak güneşe bakıyor musun?

Köprünün önündeki o bankta ilk defa yanına oturduğumda, birden kot cebinden iki parça negatif film çıkarmıştın.

Esmer, narin kollarını kaldırıp gözlerini filmlerle perdeleyerek güneşe bakmıştın.

Kalbim dayanılmaz bir biçimde çarpıyordu. Çünkü bunu daha önce de yaptığını görmüştüm.

O yıl haziranın başlarında bir öğleden sonraydı, yani babanın beni ilk muayene ettiği gündü. Leylaklarla dolu hastanenin avlusundaki uzun demir bankta, siyah saçlarını sımsıkı bağlamış, film parçalarıyla güneşe bakıyordun. Yanında oturan kaba görünümlü erkek hemşire filmlerden birini işaret ederek istedi. İki yetişkinin yan yana oturup tek gözleri kapalı, bir film parçası tutarak güneşe bakan hallerinde insanı güldüren bir şey vardı. Gölgede kalmış cam kapının arkasından sizi gizlice izlediğimi fark etmemiştiniz, adam gözlerini filmden ayırıp seninle birkaç kelam etti. Adamın dudaklarına dikkatlice baktın. Bir anda adam dudaklarına tuhaf ve kısa bir öpücük kondurdu. İkinizin sevgili olmadığı ayan beyan ortada olduğu için şaşırdım. Sen de şaşırmış gibi birden geri çekildin, sonra hemen bağışlarmışçasına kıvrak bir devinimle adamın yanağını öptün. Sanki birlikte güneşi izlemekten doğan dostluğun cömert bir merasimiymiş gibi. Hafifçe ayağa kalkıp adamın elindeki filmi kaptın. Adam kızarmış yüzüyle mahcup şekilde güldü, sen de güldün. Adam hâlâ o mahcup ifadesiyle hiçbir şey söylemeden dönüp gidişini izliyordu.

O birkaç dakikalık güçlü sessizlik on altı yaşındaki bende o kadar derin bir etki bırakmıştı ki tahmin bile edemezsin. Çok geçmeden senin bu hastanede çalışan doktorun kızı olduğunu, bebekken ateşli hastalığa yakalanıp işitme duyunu kaybettiğini ve iki yıl önce özel bir okuldan mezun olduktan sonra hastane binasının arkasındaki depoda ahşapla bir şeyler yaparak vakit geçirdiğini öğrendim. Ama bu gerçekler o gün gördüğüm kısa sahnenin soğukluğunu tamamen açıklayamazdı.

Ondan sonra muayene olmak için hastane kapısından her girdiğimde, çalıştığın depodan gelen elektrikli testere sesini her duyduğumda, iş tulumunla nehir kenarında umursamazca yürüdüğünü uzaktan her gördüğümde, aniden bir leylak koklamış gibi sersemlerdim. Bir kez bile kimseyle öpüşmemiş dudaklarım, sanki çok hafif bir elektrik akımına tutulmuşçasına gizlice titrerdi.

Yüzün daha çok anne tarafına benziyor değil mi?

Sımsıkı bağladığın siyah saçlarınla esmer tenin de çok güzeldi ama en güzeli gözlerindi. Yalnız çalışmaya idmanlı birinin gözleri. Ciddiyetle muzipliğin, sıcaklıkla hüznün hafifçe birbirine karıştığı gözler. Hiçbir şeye aceleyle hüküm vermeden, önce kendi içime bakacağım dercesine, kocaman açılarak ilgisizce titreşen kara gözler.

Bu anda omzuna hafifçe dokunup bir film parçası verir misin diye elimle işaret etmem gerekirdi ama bunu yapamadım. Gözlerinden film parçalarını ayırana kadar, yalnızca yuvarlak alnını, alnına yapışmış kıvırcık bebek saçlarını, safkan Hintli bir kadın gibi üzerine küçük bir hızma koysan tamamlanacak gibi mükemmel duran burun kemerini ve burnunda biriken yuvarlak ter damlalarını izliyordum.

"Bir şey görünüyor mu?"

Ben soru sorarken dikkatle dudaklarıma baktın. O an, kaba görünümlü erkek hemşireyi anlayabildim. Bakışlarının sadece sözlerimi okumak için olduğunu bilsem de aniden seni öpmek istedim. Bol iş tulumunun üst cebinden küçük bir defter çıkarıp dolmakalemle yazdın.

"Kendi gözlerinle bak."

O zamanlar gözlerim zaten bozulmuştu. Aceleci davranarak göz ameliyatı yapmanın yalnızca görme yetisini kaybetmeyi hızlandıracağına dair klinik sonuçları bana tane tane açıklayan baban bana acıdığını göstermemek için kasten soğuk bir yüz ifadesi takınmıştı.

Güçlü ışığın zararlı olup olmadığı henüz kanıtlanmamıştı ama yine de dikkatli olmanın akıllıca olacağını tembihlemişti. Güneş ışınlarının yoğun olduğu gündüz saatlerinde güneş gözlüğü takmamı ve geceleri loş ışık kullanmamı önermişti. Bir aktör gibi göze çarpan siyah güneş gözlükleri takmak bana zor geldiği için, açık yeşil camlı gözlüklerle yaşamayı tercih ettim. Bu yüzden, her ne kadar filmle bile kapatsam güneşe doğrudan bakmayı hayal etmek benim için imkânsızdı.

Tereddüt ettiğimi fark edince, tekrar not defterine bir şey yazdın:

"Daha sonra."

Sayısız kez yazılı olarak iletişim kurmuşsun gibi elin kıvrak, yazın okunaklıydı.

"Tamamen göremez hale gelmeden hemen önce."

Hastalığımın seyrini tam olarak bildiğini ilk kez o an fark ettim. Ailecek yemek masasında otururken benim durumum hakkında konuştuğunuzu hayal etmek bile beni derinden yaraladı.

Sessiz kaldım. Sen cevap beklerken not defterini kapatıp cebine koydun.

İkimiz de nehrin akışını izledik.

Sanki sadece bu kadarına müsaade almışız gibi.

O an birden tanımadığım bir üzüntü hissettim ama bunun yeni aldığım bir yarayla ya da aşağılanmışlık hissiyle ilgili olmadığını kavramamam uzun sürmedi. Kendi geleceğime dair korku ya da umutsuzluk hiç değildi. Tamamen her şeyi göremez hale geleceğim yaş henüz benden uzak, yeterince uzaktaydı. Hem acı verici hem de bir o kadar tatlı gelen o üzüntü, inanılmaz derecede yakınımda olan ciddi profilinden, hafif bir elektrik akımı varmış gibi görünen dudaklarından ve o denli belirgin kara gözbebeklerinden yayılıyordu.

Nehrin, temmuz güneşinin altında, devasa bir balığın pulları gibi kıpırdanarak parladığı an, senin birden bronzlaşmış elini benim koluma koyduğun, elinin üzerinde kabarmış koyu mavi damarlarını titreyerek okşadığım, korkuyla titreyen dudaklarımın nihayet senin dudaklarına değdiği anlar, senin kalbinde artık yitip gitti mi? O eski köprünün önünde, kızın bebek arabasından başını çıkarıp "Anne" diye seslenirken, sen film parçalarını cebine koyup yavaşça ayağa mı kalkıyorsun?

Yirmi yıla yakın bir zaman geçmiş olmasına rağmen, o anların hiçbir saniyesi hafızamdan silinmedi. Sadece o an değil, seninle yaşadığım en korkunç anlar bile hafızamda capcanlı ve kıpır kıpır. Pişmanlığım ve kendimi suçlamamdan daha acı veren şey, senin o yüzün. Gözyaşlarıyla sırılsıklam olmuş parıldayan o yüz. Yüzüme inen, yıllarca sert ağaçlarla uğraşmış bir adamınkinden bile daha sert olan o yumruğun.

Beni affedecek misin?

Affedemem diyorsan, en azından af dilediğimi hatırlar mısın?

♠

Babanın öngördüğü gibi kırk yaşıma yaklaşıyor olsam da hâlâ görebiliyorum. Muhtemelen bir iki yıl daha görebileceğim. Bu, uzun zamandır yavaş ilerleyen bir süreç olduğu için artık psikolojik olarak kendimi hazırlamaya gerek görmüyorum.

İzin verilen son sigarasını mümkün olduğunca uzun uzun içmeye çalışan bir mahkûm misali, güneşli günlerde evimin önündeki sokağa çıkıp oturarak uzun öğleden sonralarını geçirmekten başka bir şey yapmıyorum.

Seul'ün kenar mahallesindeki bu pazar sokağından türlü türlü insan gelip geçiyor. Eteklerini acemice kısaltmış ve kulaklık takmış bir kız öğrenci... Eskiyip bollaşmış eşofmanının altından göbeği görünen orta yaşlı bir adam... Moda dergisinden yeni çıkmış gibi şık elbisesiyle, bir yandan telefonla konuşarak yürüyen bir kadın... Kısa saçları tamamen ağarmış, parıltılı süslerle dolu bir kazak giymiş, ağır hareketlerle sigarasını yakan yaşlı bir kadın... Bir yerden küfür sesleri yükseliyor ve bir lokantadan et sulu çorba kokusu yayılıyor. Bisikletli bir çocuk, kasıtlı olarak bangır bangır zil çalarak önümden kayarcasına hızla geçip gidiyor.

En yüksek derecede bir gözlük takmama rağmen, artık hiçbir şeyin detayını göremiyorum. Görüntüler ve hareketler üst üste biniyor ve ayrıntılar yalnızca hayal gücümle netleşiyor. Kız öğrencinin dudakları müziğe uyarak kıpırdıyor, alt dudağının sol tarafında, tıpkı sende olduğu gibi, morumsu küçük bir ben olmalı. Orta yaşlı adamın eşofman kolları kirden parlıyor, bir zamanlar beyaz olan ayakkabı bağcıkları aylarca yıkanmadığı için koyu griye dönmüş olmalı. Bisikletli çocuğun şakaklarından ter damlacıkları süzülüyor olmalı. Feleğin çemberinden geçmiş gibi görünen yaşlı kadının sigarası ince ve uzun, kazağının üzerindeki küçük sedef parıltılarıysa gül ya da ortanca desenli olmalı.

Böyle hayal ederek insanları gözlemlemekten sıkıldığımda, yavaşça evin arkasındaki tepede yürüyüşe çıktığım da olur. Açık yeşil ağaçlar yekvücut olup sallanır ve çiçekler inanılmaz güzellikte renkler sergiler. Tepenin yamacındaki küçük Budist tapınağının avlusunda ahşap döşemeye oturarak dinlenirim. Kocaman gözlüğümü çıkarıp sınırların tamamen ortadan kalktığı bulanık dünyayı izlerim. İnsanlar, net göremediğinde en önce seslerin duyulacağını düşünürler ama bu doğru değil. İlk hissedilen şey zamandır. Devasa bir maddenin yavaş ve sert akışına benzeyen zamanın her saniye, her salise bedenimden geçişini hissettikçe yavaş yavaş yenik düşerim.

Günbatımından sonra görme yetim hızla zayıfladığından fazla oyalanmadan kalkarım. Eve dönüp elimi yüzümü yıkar, üstümü değiştiririm. Senin güneşe bakmayı sevdiğin oraların öğle saatlerinde, buranın saatine göre akşam yediden itibaren öğrencilere ders vermem gerektiği için genellikle hava daha aydınlıkken özel akademiye giderek ders saatini beklerim. Aydınlık binanın içinde hareket etmek çok da sorun olmuyor ama gözlük taksam bile gece sokaklarda yalnız yürümek zor geliyor. Ders bitip öğrencilerin hepsi gittikten sonra, gece on civarında akademinin önüne bir taksi çağırarak eve dönerim.

Akademide hangi dersleri mi veriyorum?

Pazartesi ve perşembe günleri başlangıç seviyesinde eski Yunanca dersleri, cumaları ise Platon'un eserlerinin eksiksiz metin üzerinden okutulduğu orta seviye bir ders veriyorum. Bir sınıfta öğrenci sayısı sekizi geçmiyor. Öğrenciler Batı felsefesine ilgi duyan üniversitelilerle çeşitli yaş ve meslek gruplarından çalışanlardan oluşuyor.

Hangi motivasyonla olursa olsun, eski Yunanca öğrenenlerin bir noktada ortak bir özelliği vardır. Yürüyüşleri ve konuşmaları genellikle yavaştır ve duygularını pek fazla dışa vurmazlar (muhtemelen ben de onlardan biriyim). Bunun sebebi, uzun zaman önce ölmüş bir dil, konuşma diliyle iletişim kurulamayan bir dil olması olabilir mi? Sessizlik ve utangaç tereddütler, duygusuz tepkilerle gelen tebessümlerle sınıfın havası usul usul ısınır ve yine usul usul sönümlenir.

İşte böyle, burada günler sorunsuz bir şekilde geçip gidiyor.

Arada bir hatırlanmaya değer bir olay gerçekleşse de devasa ve belirsiz zamanın ağırlığında kaybolup iz bırakmadan siliniyor.

Vatanımdan ayrılıp Almanya'ya ilk gittiğim yıl, on dört yaşındaydım. Almanya'dan buraya döndüğümde ise otuz yaşındaydım, bu yüzden o dönemde hayatım neredeyse tam ortadan iki dil ve iki kültüre bölünmüş sayılırdı. Babanın öngördüğü kırk yaş sonrasını nerede geçireceğim konusunda bir seçim yapmak zorundaydım. Anadilimin konuşulduğu yere dönmek istediğimi söylediğimde, ailemle öğretmenim başta olmak üzere herkes engellemeye çalıştı. Annem ve kız kardeşim, memlekette ne yapacaksın ki, diye sordular. Binbir zorlukla aldığım Yunan Felsefesi diplomasının bir kâğıt parçasından ibaret olacağını, daha da önemlisi, özel durumum nedeniyle aile desteği olmadan yalnız başa çıkamayacağımı söylediler. Bu durumda, öncelikle iki yıl deneyip sonra karar vereceğimi söyleyerek zor bela ikna ettim onları.

Başlangıçta planladığım sürenin neredeyse üç katı kadar bir zamandır burada yaşıyorum ama henüz hiçbir karar veremedim. Dayanamayacak denli özlediğim, çığ misali dört bir yandan üzerime yığılan anadilimin verdiği coşkuyla bir mevsim geçirdikten sonra, kış geldiğinde, Almanya'daki şehirler gibi Seul de yabancılaşmaya başladı. Renkleri solmuş yün kabanlar ve montların içinde omuzlarını büzmüş insanlar, uzun süre dayanmış yüzler ve ne zamana kadar olursa olsun daha da uzun süre dayanabilecek yüzlerle, yanımdan geçerek donmuş sokaklarda hızlı adımlarla yürüdüler. Tıpkı Almanya'da yaptığım gibi, ben de hiçbir ifade takınmaksızın onları izledim.

Kısacası herhangi bir duygusallık ya da iyimserliğe kapılmamış bir halde burada yaşıyorum. Son derece utangaç öğrencilerimle, birkaç ünlü eğitmeni işe alıp başarıyla kâr elde eden, müşkülpesent akademi müdürüyle ve alerjik rinit nedeniyle dört mevsim yanında kâğıt mendil taşıyan kısa saçlı, yarı zamanlı çalışan öğrenciyle yaptığım kısa sohbetler buradaki hayatımın sakin ve sıradan keyfidir. Sabahları o gün derste işleyeceğim cümleleri büyüteçle okuyarak ezberler, lavabonun üzerindeki aynada belli belirsiz yansıyan yüzümü uzun uzun seyreder ve canım ne zaman isterse aydınlık sokaklarda ağır ağır yürürüm. Gözlerimin aniden yanmaya başlamasıyla gözyaşlarımın aktığı zamanlar olmuyor değil ama basit bir fizyolojik durum olan bu gözyaşları nedensiz yere kesilmezse, sessizce sırtımı yola vererek durur, geçmesini beklerim.

♠

Şimdi kararmış yüzüne dolu dolu vuran gün ışığının altında bebek arabasını iterek eve mi dönüyorsun? İki yaşındaki kızının elinde ona verdiğin bir demet kirpi darısı mı sallanıyor? Nehir kıyısından doğruca eve gitmek yerine o asırlık katedralin önünde mi duruyorsun? Bebeğini güçlü kollarınla tutarak kaldırıp bebek arabasını bekçiye bırakıp serin katedrale mi giriyorsun?

Buzla kaplanmış gibi görünen gün ışığının mavi tonlardaki vitraydan süzülerek içeriye döküldüğü yer. Çarmıha gerili İsa'nın hiç acı çekmeden masumca göğe baktığı, meleklerin kısa bir yürüyüşe çıkmış gibi hafif adımlarla havada süzüldüğü yer. Koyu yeşil ve daha da koyu yeşil yapraklarının uysalca avuçlarını açtığı palmiye ağaçları. Ağarmış saçları açık grimsi mavi görünen, daha da açık grimsi cübbe giymiş güler yüzlü azizler. Gözler nereye çevrilirse çevrilsin günah ve acıya dair bir iz olmayan, bu yüzden de neredeyse putperestlik hissi uyandıran Aziz Stefan Katedrali.

Uzun zaman önce bir yaz sonu akşamında seninle yan yana oradan ayrılırken not defterini çıkarıp şöyle yazmıştın: "Küçüklüğümden beri derin bir inanca sahip olmama rağmen, ne kadar çabalarsam çabalayayım cennet ve cehennem gibi birbirine aşırı zıt iki kutbun varlığı inandırıcı gelmiyor. Bunun yerine, nedense sabaha kadar karanlık sokaklarda dolaşan ruhlar var gibi." Şayet böyle ruhlar varsa, kesinlikle bir yerlerde tanrı da olmalı. Sadece mantıksız olmakla kalmayıp aynı zamanda Hıristiyanlıkla hiç de bağdaşmayan bir tarzda Hıristiyan tanrısına inandığını iddia etmen çok komik geldiği için yüksek sesle gülmüş, defterini elime almıştım. O sıralar bir yerde okuduğum tanrının yokluğuna dair bir tezi yazıp sana uzatmıştım:

Bu dünyada kötülük ve ıstırap var, bunlara kurban edilen masum insanlar var.

Tanrı iyidir fakat kötülüğü önleyemiyorsa, o aciz bir varlıktır.

Tanrı iyi değil de her şeye kadir ve yanlış olanı düzeltmiyorsa, o kötü bir varlıktır.

Bir tanrı ne iyi ne de her şeye kadir değilse, ona tanrı denemez.

Bu nedenle, iyi ve her şeye kadir bir tanrı kavramı savunulması imkânsız bir hatadır.

Gerçekten sinirlendiğinde gözlerin fal taşı gibi açılır değil mi? Kalın kaşların kalkar, kirpiklerin ve dudakların titrer ve her nefes alışında göğsün hızlı hızlı yükselip alçalır. Kalemi benden geri aldıktan sonra defterine şunları yazdın:

Öyleyse benim tanrım iyi ve kederlenen bir tanrı. Eğer böyle aptalca bir teze ilgi duyuyorsan, kendin bir gün aniden, savunulması imkânsız bir hata haline gelirsin.

Nefret ettiğin Yunan tarzı tartışma yöntemiyle ara sıra kendime sorarım: Bir şeyi kaybetmenin başka bir şeyi kazanmak olduğu önermesinin doğru olduğunu varsayarsak, seni kaybetmekle ne kazandığımı... Şimdi görünen dünyayı kaybetmekle ne kazanacağımı...

İnsanoğlunun tüm acılarını, pişmanlıklarını, takıntılarını, üzüntülerini ve zayıflıklarını gerçek ve sahtenin seyrek örülmüş ağından geçirdikten sonra, bir avuç altın tozu benzeri bir önermeyi ortaya çıkaran tartışma sürecinde, her zaman tehlikeli ve belirsiz bir noktanın olması doğaldır. Hataları cesurca bir kenara atarak, dar bir denge tahtası üzerinde adım adım ilerlerken, kendi kendime sorduğum ve yanıtladığım o açık seçik cümlelerin ağı arasında, masmavi suları andıran sessizliğin dalgalandığını görürüm. İki gözümü, sessizliğin içine, her saniye her salise su gibi yükselen o mavi sükûnetin içine gömüp sürekli sorar ve cevaplarım: Neden senin için o denli aptal bir sevgiliydim acaba? Sana olan aşkım aptalca değildi de aşkımı aptallaştıran benim aptal olmam mıydı acaba? O kadar aptal değildim belki ama aşkın aptalca doğası benim aptallığımı uyandırmış ve sonunda her şeyi paramparça mı etmişti yoksa?

τὴν ἀμαθίαν καταλυέται ἡ ἀλήθεια

"Gerçek, aptallığı yok eder" anlamına gelen orta çatıda Yunanca bir cümle. Gerçekten öyle mi? Gerçek, aptallığı yok ederken, aptallığın etkisiyle gerçek de aynı şekilde değişecek mi acaba? Aynı şekilde, aptallık gerçeği yok ederken, çatlayıp onunla birlikte mi parçalanır acaba? Aptallığım aşkı yok ettiğinde, aptallığımın da birlikte parçalandığını söylersem bunu safsata olarak mı nitelendirirsin? Ses. Senin sesin. Neredeyse yirmi yıldır hiç unutmadığım o ses. Hâlâ o sesi sevdiğimi söylesem, yeniden o sert yumruğunu yüzüme indirir misin?

♣

On küsur yıl boyunca gittiğin özel okulda, dudak okuma derslerinde sadece dudakları okumayı değil, konuşmayı da öğrendiğini söylemiştin hani. Seninle bu konuyu yazışarak paylaştıktan kısa bir süre sonra, bir gece düşündüm.

O derslerde öğrendiğin şekilde konuşsan nasıl olurdu acaba?

O yaz, ailemden gizli, bir Almanca işaret dili kitabı alarak her gece cümleleri öğrenmeye başladım. Masamın yanına asılı küçük bir aynada kendime bakarak yaklaşık bir saat boyunca işaret dili pratiği yaparken sırtım ve koltuk altlarım ter içinde kalırdı. Ama bu, hiç zor ya da sıkıcı gelmezdi bana. Aksine, hayatımda bir daha asla yaşayamayacağım kadar tatlı gecelerdi. Âşık olmanın, bir hayaletin ruhunu ele geçirmesi gibi bir şey olduğunu o sıralar ilk kez fark ediyordum. Şafak vaktinde gözlerimi açmadan önce, yüzün çoktan gözkapaklarımın altında olurdu. Gözkapaklarımı açtığımda sen birdenbire tavan, gardırop, pencere camı, sokak ve uzaktaki gökyüzü arasında yer değiştirir, bir görünüp bir kaybolurdun. Hiçbir ölünün ruhu bu denli ısrarcı olamazdı. O yaz gecesi, masamın yanındaki küçük aynaya ter içinde, beceriksizce işaret dili çalışmam yansıyordu ama orada benim görüntümle üst üste gelen senin yüzünü de her an ayırt ediyordum.

Benimle konuşmaya başlıyorsun.

O gece aklıma, önce Almancası gelen cümleyi anadilimde tekrar, yüksek sesle mırıldandım.

Aklıma hemen tüm gün çalıştığın depoda üst üste yığılmış tomruklar geldi. İnsanlardan gizli –özellikle de babandan– oraya saklanır, çalışırken seni izlerdim. Kalasları testereyle kesişini, keskiyle yontuşunu, zımpara kâğıdıyla düzeltişini ne kadar izlersem izleyeyim hiç bıkmazdım. Eğer senin işin uzarsa ben de atölyenin her köşesini didik didik incelerdim. Kurutmak için duvarın önüne yığılmış kalaslara burnumu yaklaştırıp parmak uçlarımla dokunurdum. Yoğun kokulu sedir ağacı… Beyaz huş ağacı… Yüzümü yaklaştırdığımda hafif bir koku yayan çam ağacı... Yuvarlak omuzlarını andıran kahverengi yaş halkaları…

O zaman, sesinin muhtemelen o genç ağaçların dokusuna ve kokusuna benzeyen bir şey olduğunu belli belirsiz düşünmüştüm.

Fakat basit bir merak ve hayal yüzünden sesinin nasıl olduğunu zihnimde canlandırmış da değildim. O zamanlar 17 yaşındaydım ve sen âşık olduğum ilk kişiydin. Seninle yaşamak istediğimi düşünüyordum. Hayatta olduğum sürece, sonsuza kadar ayrılmayacağımıza inanıyordum. Bu yüzden korkuyordum da. Sonunda kör olacaktım. İleride gün gelecek seni göremeyecektim. Ne yazarak ne de işaret diliyle seninle sohbet edebilecektim.

Birkaç hafta geçtikten sonra, havanın aniden serinlediği bir tatil günü öğleden sonrasında, işe ara verip çay demleyen sana bir soru sordum. Herhangi bir tehlikeyi bile aklıma getirmekten çekinerek... Daha doğrusu bir salak gibi safça:

"Dudak okuma dersinde öğrendiklerinden, ne olduğu önemli değil, bana bir şey söyleyebilir misin?"

Dikkatle dudaklarımı okudun ve dalgın dalgın gözlerimin içine baktın. Ben sakince açıklamaya devam ettim. Bir gün beraber yaşayacağımızı ve benim kör olacağımı... Göremez hale geldiğim zamansa kelimelere ihtiyacım olacağını...

Kafamda kaç kez zamanı geri alıp o günkü aptallığımı nasıl tamamen silmek istediğimi bilemezsin. Yüzün buz gibi olarak asıldı, çiseleyen yağmurla daha da yoğunlaşan ağaç kokusunun yayıldığı depodan hemen beni kovdun. Artık beni daha fazla görmek istemedin, elbette öpmedin de, uzun siyah saçlarına, mis kokulu ensene, narin köprücük kemiğine yüzümü gömmeme izin vermedin, hevesli ellerimi gömleğinin içine sokup kalp atışlarını hissetmeme izin vermedin, şafak vaktinden itibaren evinin önünde dolanarak beklediğimde beni kararlılıkla görmezden geldin, parmağım sıkışmış ya da sıkışmamış umursamadan deponun kapısını tüm gücünle suratıma çarptın ve nihayetinde birkaç hafta sonra bir gece vakti çaresizce senden özür dilerken yüzüme bir yumruk indirdin.

İkimiz de şaşırmıştık. Düşen gözlüğümü yerden almadan, burnumdan ve dudaklarımdan akan kana aldırış etmeden bacaklarına sarıldım. Titreyerek beni ittin ve yere düşürdün. Alev alev yanan gözlerinle bir an dudaklarını araladın:

"... Defol... çık!"

O ses.

Kış gecesi pencere aralığını tırmalayarak içeri sızan rüzgâr sesi... Kıl testerenin metal üzerindeki çığlığı ve camın çatlama sesi... Senin sesin...

Karnımın üzerinde emekleyerek bacaklarına tekrar sarıldım. Gerçekten bilmiyor muydun? Ben seni sevmiştim. Anlaşılmaz bir delilikle bir odun parçasını alıp yüzüme vurduğunda ve ânında bayıldığımda, yakıcı gözyaşlarının gözlerimden aktığını görmüş müydün?

Şimdi anlıyorum o zamanki aptallığımın o günleri mahvetmekle kalmayıp beni de nasıl mahvettiğini. Eğer gerçekten beraber yaşamış olsaydık, gözlerim kör olduktan sonra sesine ihtiyacım olmazdı. Görünen dünya yavaşça geri çekilen bir gelgit gibi yok olup giderken, bizim sessizliğimiz de usul usul bizimle bütünleşmiş olurdu.

Seni kaybettikten birkaç yıl sonra, iki parça filmi elime alıp güneşe baktığım oldu. Korkumdan öğle vakti değil, akşam saat altıda. İnce bir sis tabakasıyla örtülmüş gibi gözlerim yaşardı ve uzun süre bakamadım. Seni o denli neyin büyülediğini anlayamamıştım bile. Sadece seni özlemiştim. Yanımda olmayan senin ellerini... Açık kahverengi teninin üzerinden görünen koyu mavi damarlarını...

♠

Şimdi kucağında bebeğinle karanlık katedralden mi çıkıyorsun?

Girişte bekçiye bıraktığın bebek arabasını alıp bebeği koyup kemerini mi bağlıyorsun? Rasgele saldığın saçlarını güzelce toplayıp eve mi dönüyorsun şimdi? 17 yaşımdayken, şafak vaktinden itibaren aptallık ve keder içinde dolanıp durduğum o sokakta, küçük siyah taşlarla döşenmiş kaldırımdan mı yürüyorsun? Bebek arabasının tekerlekleri taşlara takılıp her havalandığında göğsüne uzanarak bebeğini mi avutuyorsun?

İyi kalpli olduğun için kederlenen tanrını omuzlarına alarak sessizliğin içinde adım adım mı ilerliyorsun?

Orada güneş buradan yedi saat sonra doğuyor değil mi?

Artık uzak olmayan bir günde, ben öğle güneşinin altında film negatiflerini çıkardığımda sen sabahın beşinde karanlıkta olacaksın. Elinin üstündeki damara benzeyen koyu mavi ışık henüz gökyüzünden süzülmemiş olacak. Kalbin düzenli atıyor, yanarak yaşaran gözlerin gözkapaklarının altında titriyor olacak. Ben tam bir karanlığa adım adım girerken bu inatçı ıstıraptan arınıp seni hatırlamamın sakıncası var mı?

6

Durun.	Durmayın.
Πανε. Git.	μὴ πανε. Gitme.
Bana sorun.	Bana hiçbir şey sormayın.
αἴτει με. Bana sor.	μπαΐτει μηδέν με. (Önemli değil.)
Farklı bir yöntemle yapın.	Asla farklı bir yöntemle yapmayınız.
ἄλλως ποιήσῃς. (Yoksa ne yapacaksın?)	μὴ αἴτει οὐδὲν αὐτόν. (Ondan hiçbir şey isteme.)

Koyu yeşil tahtayı cümlelerle doldurduktan sonra adam gövdesini tahtanın kenarına yaslıyor. Koyu mavi gömleğinin omuz kısmına tebeşir tozunun bulaştığını fark edemiyor. Sinekkaydı tıraşlı yüzü çok solgun olduğu için bir anlığına yüksek lisans öğrencisi gibi genç görünüyor ama çökmüş yanakları yaşını belli ediyor. Yaşlılığın sessiz başlangıcını bildiren ince kırışıklıklar göz kenarlarıyla ağzının çevresinde belirgin halde.

7
KAR

Konuşabildiği zamanlar, kadın zaten kısık sesli biriydi.

Ses telleri gelişmediğinden ya da akciğerlerinin kapasitesinde sorun olduğundan değildi bu. Herhangi bir ortamda geniş bir alanı işgal etmekten hoşlanmazdı. Kim olursa olsun herkes kendi hacmi kadar fiziksel bir alanı kaplayabilir ama ses çok daha geniş bir alana yayılır. O ise varlığının geniş bir alana yayılmasını istemezdi.

Metroda, sokakta, kafe ya da restoranlarda çekinmeden yüksek sesle konuşmaz, kimseyi bağırarak çağırmazdı. Hangi ortamda olursa olsun –tek istisna derslerdeydi– herkesten daha alçak sesle konuşurdu. Zaten minyondu fakat kendi hacmini daha da küçültmek için omuzlarını düşürür, sırtını kamburlaştırırdı. Espriden anlardı ve epey hoş bir gülümsemesi vardı ancak gülüşü bile kısık sesli olduğundan neredeyse hiç duyulmazdı.

Kadının tedavi için gittiği gri saçlı psikoterapist bu noktaya parmak bastı. Kitapların yazdığına uygun şekilde kadının çocukluk deneyimlerinden yola çıkarak nedenini bulmaya çalıştı. Kadın psikoterapistle yarım yamalak işbirliği yapmış, tam anlamıyla yardımcı olmamıştı. Onlu yaşlardayken söz yitimi hastalığı yaşadığını itiraf etmek yerine, zihnini zorlayarak daha eski anılarını bulup anlattı.

Ona hamileyken annesi tifoya benzer bir hastalığa yakalanmıştı. Yüksek ateş ve titremelerden mustarip olduğundan yaklaşık bir ay her öğün bir avuç ilaç almıştı. Onun aksine tez canlı ve hayat dolu olan annesi, kendini toparlar toparlamaz kadın doğum kliniğine giderek bebeği aldırmak istediğini söylemişti. O kadar ilaç aldığı için karnındaki bebeğin sağlıklı olamayacağını düşünüyordu.

Doktor, plasenta çoktan oluştuğu için, hamileliği sonlandırmanın tehlikeli olduğunu söyledi ve iki ay sonra tekrar gelirse indüksiyon iğnesi yaparak ona ölü doğum yaptıracağı sözünü verdi. Ancak sözleştikleri iki ay geçerken bebek hareketlenmeye başladı ve yüreği yumuşayan annesi kliniğe gitmedi. Ne var ki, doğum yaptığı âna kadar huzursuzluklarla cebelleşti. Ancak amniyotik sıvıdan dolayı kaygan haldeki yeni doğan bebeğin el ve ayak parmaklarını art arda saydıktan sonra içi rahatladı.

Büyürken, bu hikâyeyi defalarca dinlemişti. Halalarından, anne tarafının kuzenlerinden ve her şeye burnunu sokan komşu kadınlardan. *Az kalsın bu dünyaya gelemeyecektin.* Bu cümle efsunlu bir söz gibi tekrarlanıp dururdu.

Kendi duygularını ayırt edemeyecek kadar küçük yaşta olmasına rağmen, cümlenin barındırdığı ürkütücü soğukluğu açıkça hissederdi. Az kalsın bu dünyaya gelemeyecekti. Dünya ona doğal bir şekilde verilmiş değildi.

Zifiri karanlık içinde sayısız değişkenin bir araya gelerek tesadüfen izin verdiği bir olasılık, bir an için patladı patlayacak halde şişip kabaran ince ve narin bir baloncuktan ibaretti. Gürültülü ve bol kahkaha atan misafirleri ilgisizce uğurladıktan sonra bir akşamüzeri sundurmanın altında çömelerek avlunun alacakaranlığa gömülüşünü seyretmişliği vardı.

Olabildiğince nefesini tutup omuzlarını büzmüş halde, böylesine ince ve devasa bir katman olan dünyanın karanlık tarafından yutulduğunu hissetti.

Psikoterapist, kadının itiraf ettiği hikâyeyi ilginç bulmuştu. Yoksa bu ilk hatıranız mı diye sorunca, kadın hayır cevabını verdi ve hafızasını yokladı. Güneş ışığının dolduğu avlunun bir köşesinde geçirdiği bir öğleden sonranın –anadilinin fonemlerini ilk kez keşfettiği ânın– hatırasını zihninden çekip çıkardı. Bu anlattığı da yine psikoterapistin hoşuna gitti. Dinlediği bu iki hatırayı temkinlice birleştirerek sonuca varmayı düşünüyordu. "İlk anı olarak hatırlayacak kadar dilin büyüsüne kapılmanız, dilin dünyayla birleştiği bağın ne kadar kırılgan olduğunu içgüdüsel olarak bilmenizden kaynaklanıyor olamaz mı? Yani o büyülenme, dünyaya karşı hissettiğiniz tehlikeli olma duygusuyla bilinçdışı olarak benzer değil miydi acaba?"

Terapist gözünü dikip kadına baktı.

"Peki, acaba ilk gördüğünüz rüyayı hatırlıyor musunuz?"

Bir anlığına, belki de kendi kitabında bir vaka olarak benden bahsetmeyi düşünüyordur, diye hayal etti. Bu saçma hayal yüzünden huzursuz oldu ve itiraf etmedi. Okuma yazmayı öğrendikten kısa bir süre sonra gördüğü, tuhaf bir şekilde canlı ve soğuk hissettiği rüyasını anlatmadı. Bilmediği bir yerde kar yağıyordu ve yolda ifadesiz çehreli, tanımadığı insanlar onun yanından geçip gidiyordu. Küçük kız, ilk kez gördüğü kıyafetler içinde tek başına caddenin kenarında duruyordu. Hepsi buydu. Ne bir olay örgüsü ne de bir son vardı. Yalnızca soğuk bir his... Karın yağdığı, kulakları tıkıyormuş gibi gelen sessiz yollar... İlk kez gördüğü insanlar... Ve yalnız başına duran kendi bedeni...

Kadın susup rüyanın detaylarına odaklanmaya çalışırken, terapist tedaviye doğru adım adım yaklaşıyordu. "Hayatı anlamak için çok küçüktünüz, doğal olarak o zamanlar kendi ayaklarınızın üzerinde duracak güçte değildiniz ki o tehlikeli doğum sürecini her duyduğunuzda varlığınızın yok olacağına dair bir tehdit hissediyordunuz. Ancak artık mükemmel şekilde büyüdünüz ve güç sahibi oldunuz yani. Korkmanıza gerek yok. Kendinizi küçültmenize de gerek yok. Sesinizi yükseltebilirsiniz. Yeterince yer kaplayıp omuzlarınızı dik tutun," demişti.

Bu izleği takip edince, kalan hayatı bir mücadele olmalıydı, bu dünyada var olmayı hak edip etmediğini sorgulayan zayıf, içsel bir soruya adım adım yanıt verdiği bir mücadele. Bu parlak ve güzel sonuçla ilgili bir şeyler onu rahatsız etti. Yine de hâlâ geniş bir alanı işgal etmek istemiyor, korku içinde yaşadığını kabullenmiyor, kendi doğallığını bastırarak yaşayageldiğini de düşünmüyordu.

Terapinin sorunsuz ilerlediği beşinci ayda, psikoterapist onun sesini yükseltmek yerine tam tersi söz yitimi yaşaması karşısında şok olmuşa benziyordu. "Anlıyorum," dedi. "Ne kadar acı çektiğinizi anlıyorum. Davayı kaybettiğiniz gerçeği ile tam o sıralar ailenizden birinin ölümünü kabullenmek zor olmuştur. Çocuğunuzu dayanılmaz bir biçimde özlemiş olmalısınız. Anlıyorum. Tüm bunların üstesinden tek başına gelmek size imkânsız görünmüş olmalı."

Onun abartılı bir samimiyet barındıran ses tonu karşısında kadın afallamıştı. En kabul edilemez şey, onu anladığını söylemesiydi. Bunun doğru olmadığını zaten biliyordu. Her şeyi usulca saran/örten bir sessizlik, ikisini de kuşatmış bekliyordu.

Hayır.

Kalemini aldı ve masanın üzerindeki beyaz kâğıda düzgünce yazdı:

O kadar basit değil.

Konuşabildiği zamanlar, bazen konuşmak yerine dalgın dalgın muhatabına bakardı. Sanki söylemek istediği her şeyin tam tercümesinin bakışlarıyla mümkün olacağına inanıyormuş gibi... Söz yerine gözleriyle selam verir, söz yerine gözleriyle teşekkür eder, söz yerine gözleriyle özür dilerdi. Ona göre bakışlar kadar doğrudan ve sezgisel bir temas yolu yoktu. Temas etmeden temas kurmanın neredeyse tek yolu buydu.

Buna kıyasla dil, onlarca kat daha fiziksel bir temastı. Ciğerler, boğaz, dil ve dudaklar hareket ettirilerek havada titreşim oluşur ve bu hava muhataba ulaşır. Dil kurur, tükürük sıçrar, dudaklar çatlar. Fiziksel sürecin dayanılmaz olduğunu hissettiğinde aksine daha konuşkan olurdu. Uzun, yazılı dildeki cümlelerle, akıcı konuşma dilinin canlılığını ortadan kaldırarak konuşmaya devam ederdi. Sesi de normalden daha yüksek olurdu. İnsanlar ona ciddiyetle kulak verdikçe, geniş bir gülümsemeyle daha kuramsal konuşurdu. Böyle anların tekrarlandığı dönemlerde, tek başınayken bile yazmaya odaklanamazdı.

Söz yitimi yaşamadan hemen öncesinde, her zamankinden daha hayat doluydu ve konuşkandı. İlk defa uzun bir süre yazı yazamamıştı. Nasıl ki sesinin boşlukta yayılmasından hoşlanmıyorsa, yazdığı cümlelerin sessizlikte yarattığı kargaşaya katlanmakta da zorlanıyordu. Bazen daha yazmaya başlamadan önce bir iki kelimenin dizilişini düşünmek bile öğürmesine neden oluyordu.

Ancak yaşadığı söz yitiminin nedeni bu olamazdı.

O kadar basit olamazdı.

δύσβατος γέ τις ὁ τόπος
φαίνεται καὶ ἐπίσκιος.
ἔστι γοῦν σκοτεινὸς καὶ
δυσδιερεύνητος

Burası hangi yöne olursa olsun,
Adım atılması zor bir yer.
Dört taraf karanlık, bu yüzden
Bir şeyleri bulmanın da zor olduğu bir yer.

Başını masanın üzerindeki açık kitaba gömmüş duruyor. Bu, *Devlet* adlı kitabın orijinal metniyle Korece çevirisini karşılaştırıp incelemek için fotokopilerini birleştirdiği kalınca bir ders kitabı. Şakaklarından süzülen ter damlaları Yunanca cümlelerin üzerine akıyor. Geri dönüştürülmüş sert kâğıt kabararak şişiyor.

Başını kaldırdığında, loş sınıfın birdenbire daha aydınlandığını hissediyor ve biraz afallıyor. Sütunun arkasındaki koltukta her zaman sessiz duran orta yaşlı adamın iriyarı yüksek lisans öğrencisiyle kısık sesle yaptığı konuşma ancak o zaman kulaklarına geliyor.

"...Angkor Vat'taydım. Dün şafakta döndüm. Dört gece beş günlük yaz tatilimi erken kullandım. Yorgunluktan bugün derse gelmesem mi diye düşündüm ama iki hafta üst üste dersi kaçırmak istemiyorum, yatırdığım ders ücretine yazık. Ha ha ha hâlâ gücüm kuvvetim yerinde. Hafta sonları dağ yürüyüşüne çıkıyorum ya. Bilmem, ben tam fark edemedim ama insanlar yüzümün bronzlaştığını söylüyorlar. Elbette, oradaki sıcaklıkla burası karşılaştırılamaz. Her gün yağışlı bir fırtına çıkıyor ama öyle serinletici de değil... Şey... Öylesine, aslında harabelere olan ilgimden. Tapınağın taşlarına antik Khmer yazısı oyulmuştu da, ben şahsen o yazıyı antik Yunan alfabesinden daha güzel buldum."

Kadın teneffüs sırasında başını kaldırıp boş tahtaya bakıyor. Eğitmen bez bir silgiyle bastırmadan sildiği için beyaz tebeşirle yazılmış Yunanca cümlelerin bazı bölümleri parça parça görünüyor. Bazı yerlerde neredeyse cümlenin yaklaşık üçte biri okunuyor. Hatta geniş bir fırçayla bilerek biçimlendirilmiş gibi duran beyazımsı ve sert girdapların kaldığı yerler bile var.

Başını tekrar ders kitabına doğru eğiyor. Derin bir nefes alıyor. Nefes alıp verişi gayet net duyuluyor. Söz yitimi yaşadıktan sonra kimi zaman nefes alıp verişinin konuşmaya benzediğini hissediyor. Tıpkı bir insan sesi gibi, cesurca sessizliğe dokunuyor.

Annesinin son anlarında da benzer şeyler hissetmişti. Bilinci yerinde olmayan annesinin her ılık nefesiyle sessizlik bir adım gerilerdi. Annesi nefes aldığında, ürpertici derecede soğuk bir sessizlik çığlık çığlığa kadının bedeni tarafından emilirdi.

Eline kurşunkalem alıyor. Az önce okuduğu cümleye bakıyor. Bu harflerin her birine küçük birer delik açılabilir. Kurşunkalemin ucunu batırıp uzun bir yırtık açınca bir kelime, yok hayır, bir cümle bütünüyle delinip gider. Geri dönüştürülmüş gri, sert kâğıdın üzerinde belirginleşen siyah ve küçük yazılara, böcek gibi büzülen ya da çiçek gibi açan vurgu işaretlerine sessizce bakıyor. Ayak basmanın zor olduğu gölgeli bir yer... Artık genç olmayan Platon'un zaman kazanmak için üzerinde düşündüğü cümle... Eliyle ağzını kapatan birinin belirsiz sesi...

Kalemi daha sıkı tutuyor. Dikkatlice nefes alıp veriyor. O cümleye sinen duygunun yapışıp kalmış pirinç çorbası lekesi gibi, dikkatsizce bulaşmış bir kan izi gibi açığa çıkmasını sabırla bekliyor.

♠

Bedeni, bu kadar uzun süre susmasını hassas bir biçimde ortaya koyuyor. Vücudu gerçekte olduğundan daha sert ya da daha ağır görünüyor. Yürüyüşü, el ve kol hareketleri hem yüzündeki hem de omuzlarındaki yağlı, yuvarlak hatları sağlam bir sınır oluşturuyor. Ne dışarıya bir şey sızıyor ne de dışarıdan bir şey içeriye nüfuz ediyor.

Aslında aynaya pek bakmıyor sayılır ama artık bakma ihtiyacı da hissetmiyor. İnsanın ömrü boyunca en çok hayalinde canlandırdığı yüz kendi yüzü olur. O ise artık yüzünü zihninde canlandıramaz hale geldiğinden gittikçe bunu hissedemez oldu. Camda ya da aynada yüzünün yansımasını tesadüfen gördüğünde dikkatle gözlerinin içine bakar. Yalnızca iki belirgin gözbebeğinin kendisiyle bu yabancı yüzü bağlayan bir geçit olduğunu hisseder.

Bazen kendini bir insandan ziyade hareket eden katı ya da sıvı bir madde gibi hisseder. Sıcak bir yemek yerken kendisinin bir yemek olduğunu hisseder, soğuk suyla elini yüzünü yıkarken su olduğunu hisseder. Ama aynı zamanda, asla yemek de su da olamadığını, hiçbir varlıkla sonuna kadar karışmayan, acımasız ve sert bir madde olduğunu hisseder. Sessizliğin buzları arasından tüm gücünü harcayarak çıkarıp gördüğü şey, haftada bir gece yanında kalmasına izin verilen çocuğunun yüzü ve kalemi sımsıkı tutup bastırarak yazdığı ölü Yunanca kelimelerden ibarettir.

γῇ ἔκειτο γυνή.
Bir kadın yerde yatıyor.

Terden yapış yapış olan kalemi elinden bırakıyor. Şakaklarındaki ter damlacıklarını avcunun içiyle siliyor.

"Anne, eylülden itibaren buraya gelemeyecekmişim."

Geçen cumartesi gecesi, sessiz bir şaşkınlıkla çocuğun yüzüne baktı. İki hafta içinde çocuk bir hayli büyümüştü. Büyüdüğü kadar zayıflamıştı da. Kirpiklerinin uzun gölgesinin oluşturduğu çizgiler, beyaz ve yumuşak yanakları üzerinde, kalemle çizilmiş ince bir minyatür gibi belirgindi.

"Ben, oraya gitmek istemiyorum ki. İngilizcede kendime güvenmiyorum. Orada yaşıyor dedikleri halamın yüzünü bile görmedim ama yanında bir yıl kalmam gerekiyormuş. Zar zor arkadaş edinmişken, böyle pat diye..."

Az önce banyo yaptırdığı, yatakta yanına uzanan çocuğunun saçları elma kokusuna benzeyen sabun köpüğü kokuyordu. Çocuğun yuvarlak gözlerinde kendi yüzünün yansıdığını gördü. Yansıyan yüzünde tekrar çocuğun yüzü vardı ve çocuğun gözlerinde, yine kendi yüzü... Bu yansımalar sonsuz devam ediyordu.

"Anne, babama söylesen olmaz mı? Konuşamazsan mektup yazamaz mısın? Beni buraya geri getirsen olmaz mı?"

Çocuğun hırçınlıkla duvara döndüğü yüzünü, sessizce elini uzatarak tekrar kendine doğru çevirdi.

"Olmaz mı? Öyle yapsan olmaz mı? Neden olmaz?"

Çocuk başını tekrar duvara çevirdi.

"... Işığı söndür lütfen. Bu ışıkta nasıl uyuyabilirim?"

Kalktı ve ışığı söndürdü.

Sokak lambasının ışığı birinci kattaki pencereden süzülerek içeri girdi ve biraz geçince karanlıkta çocuğun her şeyi belirginleşti. Çocuğun alnının ortası çatılmıştı. Elini uzatıp onu düzeltti. Tekrar çatıldı. Çocuk nefes sesi bile çıkarmadan, gözleri sımsıkı kapalı, yatıyordu.

Haziran sonlarının gece karanlığı, ıslak çimen kokusu, ağaç özü kokusu ve çürüyen yemek artıkları kokusuyla iç içe geçmişti. Çocuğu bıraktıktan sonra, otobüse binmeden yaklaşık iki saat boyunca Seul'ün merkezinden geçip yürüyerek evine döndü. Bazı sokaklar gündüz gibi aydınlıktı, egzoz dumanı nefes tıkıyor, müzik sesi kulak şişiriyordu; bazı sokaklarsa karanlıktı, harap haldeydi ve terk edilmiş kediler çöp torbalarını dişleriyle parçalarken ona dik dik bakıyordu.

Bacakları ağrımadı. Bitap da düşmedi. Asansörün önündeki solgun ışığın altında, artık girip uyuması gereken evin dış kapısına dik dik bakarak duruyordu. Döndü ve apartmandan çıktı. Can taşıyan her şeyin bozulmakta olduğu bir yaz gecesinin kokusunda adımlarını hızlandırarak yürüdü. Sitenin idare ofisinin önündeki ankesörlü telefon kulübesine koşarak girdi. Eline ne geldiyse artık, pantolonunun cebindeki tüm bozuklukları çıkardı.

"Alo."

Karşı taraftan ses geldi.

Ağzını açtı. Bir nefes verdi. Nefes aldı ve sonra tekrar verdi.

"Alo."

Yine o ses duyuldu.

Titreyen elleriyle ahizeyi daha sıkı tuttu.

Çocuğu nasıl götürebilirsin? Hem de o kadar uzağa? Nasıl o kadar uzun süre? Pislik herif. Kansız vicdansız herif.

Titreyen parmakları ahizeyi bırakana kadar dişleri zangır zangır titredi. Kendi yanağına tokat atan biri gibi yüzünü sertçe sıvazladı. Burnuyla dudağının arasını, çenesini, kimsenin kapatmadığı dudaklarını ovuşturdu.

♠

Söz yitimi başladığından beri ilk kez o gece aynada kendine uzun uzun baktı. Sözcükler olmaksızın yanlış gördüğünü düşündü. İki göz böylesine durgun olamazdı. Kan, irin ya da kirli buz gibi bir şey akıyor olsaydı, aksine bu denli şaşırtıcı olmazdı. Gözlerinin içinde sessizce ona bakan bir "o" vardı ve o bakışların içinde bir kez daha sessiz "o". Böyle sonsuz bir sessizlik içindeydiler.

Uzun zaman önce kaynayıp kabaran nefret, yükseldiği yerde öylece kalmıştı ve uzun zaman önce kabaran acı, kabarmış duruyor, artık kabarcıkları patlamıyordu.

Hiçbir şey iyileşmedi.

Hiçbir şey bitmedi.

♠

Daha demin sohbet eden orta yaşlı adamla yüksek lisans öğrencisi, hangi ara koridora çıktılarsa ellerinde birer kahveyle sınıfa giriyorlar. Orta yaşlı adam, yerine dönerken cep telefonuyla konuşmaya devam ediyor.

"...yani iyi yapanlara göre değil de iyi yapamayanlara göre ayarlamalıydın. Sadece iyi olanlar takip etsin diyecekseniz, o zaman çalışan eğitimini ne diye düzenliyorsunuz. Daha sonra telafi mi? O ne saçmalık? Biz büyük bir şirket miyiz ki? O eğitmen yarın beni arasın."

Yüksek lisans öğrencisi orta yaşlı adama gözüyle selam vererek yerine oturuyor. Iıh, diye kısık sesle geriniyor. Başını öne, arkaya ve iki yana kütür kütür çeviriyor. On dakikalık teneffüs çoktan bitti. Dakik Yunanca eğitmeni nedense bugün geç kalıyor. Aniden bir sessizlik akıyor.

Kadın hâlâ sırada donmuş gibi hareketsiz oturuyor. Sürekli aynı pozisyonda oturmaktan sırtı, başı ve omuzları kasılıyor. Defterini açıyor. Bir önceki derste yazdığı cümlelere düşünceli bakıyor. Cümleler arasındaki boşluklara kelimeler yazıyor. Zor zaman kiplerini, isimlerin hal değişimlerini ve karmaşık edilgenlik kullanımlarını inatla aşarak tam olmayan basit cümleler kuruyor. Dudaklarının ve dilinin farkında olmadan kıpırdanmasını bekliyor. İlk sesin aniden dışarı çıkmasını bekliyor.

γῆ ἔκειτο γυνή.
Bir kadın yerde yatıyor.

χιὼν ἐπὶ τῇ δειρῇ.
Boğazında kar.

ῥύπος ἐπὶ τῷ βλέφαρῳ.
Göz kapağında toprak.

"O nedir?"

Onunla aynı hizada oturan felsefe öğrencisi aniden soruyor. Bir önceki derste örnek olarak öğrendiği "γῆ ἔκειτο γυνή" (Bir kadın yerde yatıyor) cümlesinin ardından kadının yazdığı kopuk ve eksik Yunanca cümlelerle dolu defteri işaret ediyor. Kadın afallamıyor. Telaşla defteri kapatmıyor. Bir buz parçasının içini incelermişçesine tüm gücüyle gencin gözlerinin içine bakıyor.

Her gün donmuş yüzeye yalnızca sayısız kan lekesi sıçratmakla kalırdı; o sıralar çocuğun itirafının yol açtığı yeni acı kadının sessizliğinde bir çatlak açamamıştı. Ya dişlerini çok uzun süre fırçalıyor, ya buzdolabının kapağını açıp önünde öylece uzun uzun dikiliyor, ya park halindeki bir arabanın ön tamponuna bacağını çarpıyor ya da bir dükkânın raflarında dizili olan ürünlere dikkatsizce omzuyla çarparak düşürüyordu. Soğuk yorganın altında gözlerini her kapatışında kar yağan sokak, tanımadığı yayalar, tanımadığı kıyafetli bir çocuk, kendisinin mi yoksa kendi çocuğunun mu olduğunu ayırt edemediği solgun bir yüz onu bekliyor olurdu.

Sözlerle açılan geçidin çok daha derinlere indiğini, böyle devam ederse çocuğunu sonsuza kadar kaybedeceği gerçeğini biliyordu. Bunu daha net idrak ettikçe geçit daha da derinlere iniyordu. İçtenlikle dilek diledikçe, sanki onun tersini yerine getiren bir tanrı varmış gibi. İnlemeyi bile başaramadığı için daha da sessizleşti. Gözlerinden ne kan ne de irin aktı.

"Şiir mi? Yunanca yazılmış bir şiir mi?"

Pencere kenarında oturan yüksek lisans öğrencisi merak dolu gözlerle ona bakıyor. Açık ön kapıdan eğitmen giriyor ve durup dikiliyor.

"Hocam!"

Alnında kırmızı sivilceler olan öğrencisi muzipçe gülüyor.

"Bu hanım Yunanca bir şiir yazmış."

Sütunun arkasında oturan orta yaşlı adam etkilenmiş gibi kadına bakıyor ve bir kahkaha patlatıyor. Sese şaşıran kadın defterini kapatıyor. Yunanca eğitmeni kendisine yaklaşırken dalgın bir ifadeyle onu izliyor.

"Gerçekten mi? Bir bakmamın sakıncası var mı?"

Sanki yabancı bir dili çözümler gibi tüm gücüyle adamın sözlerine kulak kesiliyor. Baş döndürecek denli kalın, açık yeşil gözlük camlarına bakıyor. Durumu hemen fark ederek kalın ders kitabını, defterini, sözlüğünü ve kalem kutusunu çantasına koyuyor.

"Yok, yok, oturun lütfen. Göstermeseniz de olur."

Kadın ayağa kalkıyor. Çantasını omzuna takıp boş sandalyeleri birer birer iterek kapıya doğru yürüyor.

♠

Merdivenlere açılan acil çıkış kapısının önünde biri arkadan kadının kolunu tutuyor. Kadın şaşkınlıkla arkasına bakıyor. Yunanca eğitmenini ilk defa bu kadar yakından görüyor. Kürsüde durmadığından boyu, düşündüğünden daha kısa ve yüzü garipsenecek denli yaşlı görünüyor bir anda.

"Şey, sizi rahatsız etmek istemedim."

Derin bir nefes alarak ona daha da yaklaşıp soruyor:

"Acaba... benim sözlerimi... duyamıyor musunuz?"

Kadın birden ellerini kaldırıp işaret diliyle bir şeyler anlatıyor. Aynı hareketi tekrarlayarak sanki söylemeye çalıştıklarını çözümlermiş gibi devam ediyor:

"Özür dilerim. Üzgünüm demek için peşinizden çıktım."

Kadın sessizce adamın yüzüne bakıyor. Adamın derin derin nefes alırken, umutsuzluğa kapılmadan çaresizce iki elini hareket ettirdiğini görüyor.

"Konuşmasanız da olur. Hiçbir şeye cevap vermek zorunda değilsiniz. Gerçekten çok üzgünüm. Üzgün olduğumu söylemek için geldim."

♠

Otobanın ses geçirmez bariyerinin yanında tek şeritli ve tek yönlü bir yol uzanıyor. Kadın, o yolun kenarındaki kaldırımda yürüyor. Yoldan geçen yaya çok olmadığı için belediyenin pek bakım yapmadığı bir yol bu. Kırılmış kaldırım taşlarının çatlaklarında azimli çimenler boy atmış. Apartmanın bahçesine duvar yerine dar aralıklarla dikilen akasya ağaçları siyah ve kalın kol benzeri dallarını birbirine doğru tüm gücüyle uzatmış. Nemli gece havasına, çimen ve egzoz kokusu iğrenç bir şekilde karışıyor. Binlerce keskin, paten bıçağına benzeyen motorun sesi çok yakın bir mesafeden kadının kulak zarını tırmalıyor. Ayaklarının dibindeki çimenlikte çekirgeler ağır ağır ötüyor.

Tuhaf.

Bir zamanlar aynen böyle bir gece yaşamış gibi.

Benzer utancı ve mahcubiyeti hissederek bu yolda yürümüş gibi.

O zamanlar kadın konuşabildiği için duyguları daha belirgin ve güçlü olmalıydı.

Ama şimdi bedeninin içinde hiçbir söz yok.

Kelimeler ve cümleler, bir hayalet gibi bedeninden uzaklaşarak, yalnızca görebildiği ve işitebildiği kadar yakından takip ediyor onu.

O sokak sayesinde, yeterince güçlü olmayan duygular, yapışkanlığı zayıf bant parçaları gibi hızla düşüyor.

Kadın öylece bakıyor. Baktığı zaman, bakıyor olduğu hiçbir şeyi dile çeviremiyor.

Gözünde sürekli farklı nesnelerin imgeleri beliriyor ve yürüdüğü hıza göre hareket ederek siliniyor. Silindiği an, herhangi bir sözle bile bir türlü çevrilmiyor.

♠

Uzun zaman önce böyle bir yaz gecesinde, kadın yolda yürürken kendi kendine tebessüm etmişti.

On üç günlük aya bakarak…

Ayın, somurtkan bir yüze benzediğini, içe çökmüş yuvarlak kraterlerin hayal kırıklığını gizleyen gözlere benzediğini düşünerek...

Sanki bedeninde biriken sözler yapmacık bir kahkaha patlatmış, sonra o kahkaha yüzüne yayılmış gibiydi.

Yaz gündönümünü daha yeni geride bırakmış sıcaklığın karanlığın arkasına hafifçe çekildiği bir gece,

O kadar da uzak olmayan uzun zaman önceki bir gecede,

Kadının çocuğunu önüne katıp kucağında kocaman, soğuk bir karpuzla yürümüşlüğü vardı.

Sesi sevgiyle, küçücük alana akarak yayılmıştı.

Dudaklarında dişlerini sıktığına dair hiçbir iz yoktu.

Gözlerine kan oturmamıştı.

8

χαλεπὰ τὰ καλά.

Güzellik güzeldir.
Güzellik zordur.
Güzellik asildir.

Bu üç çeviri de yanlış sayılmaz, çünkü antik Yunanlar için güzellik, zorluk ve asalet henüz birbirinden ayrılmamış kavramlardı. Korecede "*bid*" (ışık) sözcüğünün en baştan hem aydınlık hem de renk olmak üzere iki anlama sahip olması gibi.

Almanya'dan ayrılıp Seul'e döndükten sonra ilk kez denk geldiğim Buda'nın doğum günüydü. Uzun zaman önce annem ve kız kardeşimle birlikte gittiğimiz Suyuri'deki tapınağını tek başıma tekrar ziyaret ettim. Kore'den ayrılmadan önce tapınağa çıkan yolun her iki tarafında patates tarlaları uzanıyordu ama şimdi tarlalar tamamen betonla kaplanmış ve benzer yükseklikte apartmanlar inşa edilmiş. Ancak tapınağın giriş kapısından geçtikten sonra, zamana meydan okuyan tapınağın asıl halini görebildim. Tapınak arsasında yeni bina inşa edilmemişti ve pagoda ile çan kulesi gözüme eskisinden daha küçük göründü. Bu süreçte, benim büyümüş olmam, her şeyi biraz daha küçük algılamama sebep olmuştu.

O zamanlar hâlâ geceleri özgürce hareket edebiliyordum, bu yüzden tapınağın avlusunda dolanarak havanın kararmasını bekledim. Yaşı ilerlemiş bazı müritlerin zamanla vefat etmesinden midir bilmem, fener sayısı azalmıştı. Fakat güzellikleri hâlâ aynıydı. Hayır, daha doğrusu henüz aklım ermezken gördüğümden daha güzel olduklarını hissettim. Çocukken gördüğüm iplere asılı fenerler saf bir hayranlık uyandırırdı, bu seferse içimde bir yerlere dokunan bir yanı vardı.

Nihayet, hava karardıktan sonra, tapınağın halka açık salonunun önündeki ahşap sekiye oturup her rüzgâr esişinde kırmızı ve beyaz fenerlerin içindeki ışıkların sallanışını ve yayılışını izledim. Daha önce güzellik ve kutsallığın, başlangıçta birbirinden ayrılmayan tek bir kelime olduğunu, tıpkı parlaklık ve rengin bir bütün olması gibi, daha önce hiç bu kadar canlı bir şekilde hissetmemiştim. İbadethanenin kapanma saati olan on bire doğru, nihayet ayağa kalktım.

O an, birden tuhaf bir düşünceye kapıldım. İlcu denilen giriş kapısına doğru yürürken içimden anlamsızca "Hadi, artık eve gitme vakti" diye mırıldanıyordum. Şimdi ana yoldaki otobüs durağına kadar yarım saat yürümem ve oradan da yaşadığım yere ulaşmak için neredeyse bir saat otobüsle gitmem gerekecekti. Ancak o otobüs yaşadığım yere ilelebet ulaşamayacakmış gibi geldi. Ne kadar aktarma yaparak otobüs ve metroyu kullansam da yolumu bulamayacak gibiydim. O capcanlı gecenin dışına çıkmak imkânsız gibiydi.

O his bana hiç de yabancı değildi. Almanya'da yaşamaya başladığım onlu yaşlarımdan itibaren defalarca tekrarlanan rüyalarım işte böyleydi. Rüyalarımdaki zaman hep akşamüstüydü ve otobüs camından görünen sokaktaki tabelalar ne anadilimde ne de Almancaydı, bana tamamen yabancı harflerden oluşuyordu. Rüyamda bindiğim yanlış otobüsten inmek istiyor, insem bile hangi otobüse aktarma yapmam gerektiğini ya da başka bir durağa hangi yoldan geçmem gerektiğini bilmiyordum. Bundan daha büyük sorun ise, asıl varış noktamın neresi olduğunu bir türlü hatırlayamamamdı. Saniye saniye kararan sokaklara gözlerimi dikip arka koltukta öylece oturmaktan başka yapabileceğim bir şey yoktu.

O rüyadan her uyandığımda hissettiğim tarif edilemez duyguyu, ürkütücü derecede alışkın olduğum o hissi bastırarak yürüyüşe çıkardım. Gece, hava oldukça soğuk olurdu. Başımın üstünde sıra sıra asılı duran kırmızı kâğıt fenerler, kusursuz bir güzellik ve sessizliğe bürünmüş halde, sallanmaya devam ederdi.

Dünya bir yanılsama ve yaşamak rüya görmektir, diye mırıldandım o an kendi kendime.

Lakin kan akıyor ve gözyaşları fışkırıyor.

9
ALACAKARANLIK

Hiç şafağın alacakaranlığında yürüdün mü?

İnsan bedeninin ne kadar sıcak ve kırılgan olduğunu iliklerime kadar hissederek soğuk havaya adım attığım bir şafak vakti... Her şeyin yüzeyinden mavimsi ışığın yansıdığı ve uykudan henüz arınmış gözlerime mucize misali nüfuz eden şafak...

Kyriek Sokağı'nın sonundaki apartmanın ikinci katında yaşarken, şafak vakti hep böyle yalnız başıma sokaklarda yürürdüm. Havadaki mavi serinliğin uçup gitmesine yakın eve vardığımda annem, babam ve sen hâlâ uykuda olurdunuz. Dışarıdan daha karanlık olan odayı aydınlatmak için lambayı yakar, açlıktan içim kıyıldığı için buzdolabını yoklardım. Birkaç ceviz alıp çiğneyerek, parmaklarımın ucunda sessizce odama girerdim.

Şimdi bütün bunlar benim için imkânsız. Sadece aydınlık saatlerde ve yeterince ışıklı yerlerde dilediğim gibi hareket edebiliyorum çünkü. Bir tek hayal etmekle yetiniyorum: Şafak vakti bu kiralık daireden çıkarak, araçların ve yayaların seyrek geçtiği karanlık sokaklardan geçerek, uzun zaman önce yaşadığımız Suyuri'deki evimize varıncaya kadar yürüyen, durmadan yürüyen bedenimi.

Suyuri'deki evimizi hatırlıyor musun?

O zamanlar için epey geniş sayılan tamı tamına dört odalı bir daireydi ama şiddetli rüzgâr nedeniyle kışı geçirmekte zorlanıyorduk. Annem doğuya bakıyor diye daha soğuk olduğundan şikâyet ederdi ama ben asıl bu yüzden severdim o evi. Şafakta uyanıp salona geçtiğimde, tüm mobilyalar mavi bir örtüyle sarılmış gibi gelirdi. Mavimsi iplikler durup dinlenmeden sökülerek soğuk havayı dolduruyormuş gibi hissettiren o manzarayı üstümde pijamalarımla kendimden geçerek izlerdim. Adeta büyüleyici bir sanrı gibi duyumsadığım o manzaranın aslında gözlerimin giderek bozulmasından kaynaklandığını o zamanlar bilmiyordum.

Bibi adını verdiğimiz civcivimizi hatırlıyor musun?

Sen henüz okula başlamamıştın, okul girişinde kese kâğıdında satılan o sıcacık yavruyu alıp geldiğimde yüzün sevinçten kıpkırmızı olmuştu. Tam bir inatçı keçi olman sayesinde civcivi evde beslemek için annemden izin alabilmiştik.

Oysa daha iki ay geçmeden, bir tahta yemek çubuğunu kırıp artı şekline getirerek pamuk ipliğiyle birleşme yerini iyice sarıp bir haç yapmak zorunda kaldık. O zamana kadar aile mezarlığındaki mezarları ve mezar taşlarını hiç görmemiştik, bu yüzden Batılı masal kitaplarındaki çizimlerde gördüklerimizi taklit ederek onu gömdük.

Apartmanın ortak çiçek tarhındaki toprak donmuştu. Bütün gece ağlamaktan gözlerin şişmişti, donmuş toprağı kaşıkla kazmaya çalışırken ellerinin üşüdüğünü söyledin. Elimde sımsıkı tuttuğum kaşık sert toprağa dayanamadığı için çoktan bükülmüştü ve beyaz gazlı beze sarılı Bibi hâlâ sessizliğini koruyordu.

Aslında gidip oraya baktım, buraya döndüğüm yılın ilk kışında.

Bizim apartmanın yerinde yeller esiyordu. Yıkılmış ve yerine iki kat daha yüksek modern bir iş merkezi inşa edilmiş. Eskiden çiçek tarhı olan yere, otopark olduğunu gösteren beyaz çizgiler çizilmiş, iki otomobil, bir minibüs ve bir küçük kamyon yan yana park etmiş. Ön camları, yan aynaları buz tutmuş araçlara, ağzımdan çıkan beyaz buhara bakarken gayriihtiyari şöyle düşündüm sanırım:

Ne haldelerdir ki? O küçük kemikler...

Kardeşim Ran,

Bana gönderdiğin mektubu ve CD'yi aldım. Sağ ol.

Aldığım gece bir cevap yazdım ama yazdıktan sonra hoşuma gitmedi ve şimdi tekrar yazıyorum. Nedendir bilmem, bu sıralar ne yazarsam yazayım cümlelerim bir anda ruhsuz ve basmakalıp bir hale dönüşüveriyor.

Her neyse, mektubunda benim için endişelendiğini yazmışsın ama tam aksine ben gayet iyiyim.

Düzenli olarak güvenilir bir doktora muayene oluyorum ve yemek yapıp öğün atlamadan yiyorum. Sabahları yaklaşık otuz dakika egzersiz yapıyorum ve öğleden sonra epey uzun bir süre mahallede yürüyüşe çıkıyorum.

Sağlık konusunda asıl endişelenilmesi gereken sensin. Ateşi yüreğinde taşıyan biri değil misin? Ne olursa olsun kendini kaptırıp sonuna kadar kendini hırpalamaktan çekinmeyen ve sağlığına dikkat etmediğin için sonunda hasta olan sen değil misin?

Kız gibi bir ağabey ve erkek gibi bir kız kardeş, akrabalarımız bizi hep böyle kıyaslardı. Bu sözlerden ölesiye nefret ederdin. Çekmeceleri benim gibi düzenle demelerinden, okul çantanı benim gibi önceden hazırla demelerinden, benim gibi düzgün yaz demelerinden, başını benim gibi kaldırıp büyüklerin yüzüne saygılı bak demelerinden. Tren düdüğü gibi bir sesle anneme bağırırdın. "Yeter artık! Ateş basıyor, dayanamıyorum. Buzdolabının içine giresim geliyor resmen!"

Hâlâ öyle misin Ran?

Buzdolabının içine girmek isteyecek kadar seni sinirlendiren şeyler oluyor mu?

Provaların yoğun diye, öğrencilik zamanlarında yaptığın gibi sabah akşam sadece müsliyle öğünlerini geçiştirmiyorsundur umarım.

Anlaşamadığınızı söylediğin şefle aranız biraz düzeldi mi?

O günden sonra hiç annemi aradın mı?

Dizleri nasıl?

Tek başına idare edebiliyor gibi mi?

Annemle birlik olup endişe ettiğiniz akademi işleri, her zamanki gibi yolunda gidiyor. Meteliksiz kalırım da gururumdan kimseye söyleyemem diye annem kendini yiyip bitiriyordur eminim. Geçenlerde bir tane daha temel seviye Latince sınıfının açıldığını, artık haftada dört kez ders verdiğimi anneme iletir misin? Sınıf sayısı artmış olsa da öğrenci sayısı az olduğu için hiç zorlanmadığımı ve hem yeterince olgun hem de nezih insanlar oldukları için ders yapmanın eğlenceli olduğunu da. Buraya döndükten sonraki ilk iki üç yıl fırsat buldukça Doğu klasiklerini okuduğum için, anlamadığım yerleri sora sora samimileştiğim bazı öğrencilerin de olduğunu... Düşününce o öğrencilerle haberleşmeyeli bayağı olduğunu fark ettim şimdi. Dürüst olmak gerekirse, bazen onları izlerken imrendiğim de oluyor. Hayatları, dilleri ve kültürleri bizim gibi ikiye bölünmemiş insanların sahip olabileceği, o sarsılmaz sağlamlık gibi bir şey.

Sevgili Ran,

Aslında bu aralar sıradışı bir öğrenci gözüme çarptığı için dikkatle onu izliyorum.

Az sayıda öğrenciyle ders yaptıkça, yalnızca gözlerine bakarak her birinin ilgi alanlarını hissedebiliyorum; fakat o öğrenci baştan beri hiçbir metne ilgi göstermedi. Ne Yunan felsefesine ne edebi eserlere ne de ara sıra alıntı yaptığımız *Yeni Ahit*'e. Ama bu, tembel ya da umursamaz olduğu anlamına gelmiyor; aksine, tek bir dersi bile kaçırmadı. Dilin kendisinin ilginç yönlerine mi ilgi duyuyor desem… Aslında yalnızca dilbilgisi ve özel ifadelere dikkat ettiğini hissedebiliyorum.

Daha sıradışı yönüyse ne konuşuyor ne de gülüyor olması. Derste sıra ona geldiğinde cevap vermiyor, teneffüslerde de kimseyle konuşmuyor. İlk başta onun sadece utangaç bir kadın olduğunu düşünmüştüm ama altı ay geçmesine rağmen bir kez bile ağzını açmadığını fark edince tuhaf bir düşünceye kapıldım.

Bir keresinde teneffüs bitip sınıfa girerken bir öğrenci gülümseyerek bana onun Yunanca şiir yazdığını söyledi. Meraklanıp bakmak istediğimi söyledim ama kadın başını kaldırıp delici gözlerle yüzüme baktı ve bir hışımla kalkıp sınıftan çıktı.

Hem işitemeyen hem de konuşamayan biri diye düşünmem işte tam o sırada oldu. Şimdiye kadar dudak okuyarak dersleri zar zor takip ediyormuş meğer. Demek bu yüzden hiçbir şakaya ve soruya tepki veremiyormuş.

Hemen arkasından koridora koştum. Tam, karanlık acil çıkış merdivenlerinden inmek üzereyken kolundan tuttum. Çünkü tavandaki parlak ışıktan uzaklaştığı an artık bir şey göremeyecektim. Hem konuşarak hem de işaret diliyle aynı anda "Özür dilerim," dedim. "Duyamıyor musunuz," dedim. "Bilmiyordum," dedim. "Asla sizi rahatsız etmek istemezdim," dedim. O anda kullandığımın Almanca işaret dili olduğunu ve doğal olarak Korece işaret dilinden farklı olacağını anladım ama başka bir yol aklıma gelmedi.

Herhangi bir tepki vermeden boş gözlerle bana baktı. O an hissettiğim tuhaf çaresizliği sana nasıl anlatabilirim ki. Kadının sessizliğinde hem korkutucu hem de bir bakıma acımasız bir şey vardı. Uzun zaman önce, ölen Bibi'nin cesedini beyaz gazlı beze sarmak için elime aldığımda... Donmuş kaşıklarla kazdığımız küçük çukura baktığımda hissettiğim sessizliğe benzeyen...

Hayal edebilecek misin?

Yaşayan bir insanda böyle bir sessizliği ilk defa görüyordum.

♠

Ran,

Geçen sefer bana gönderdiğin mektubu ve CD'yi aldım. Sağ ol.

Cevabım gecikti değil mi?

Bu aralar elim pek kaleme varmıyor.

Özellikle endişelenecek bir durum yok.

Annemin hep dilediği gibi okumaya ayırdığım zamanı azalttım.

Boş boş oturmak ya da aydınlık sokaklarda yürüyüş yapmak için geçirdiğim zaman arttıkça, elime kalem alıp kısa bir yazı da olsa tamamlamak hangi ara bilmem bir anda tuhaf gelmeye başladı.

Bunun yerine neredeyse her gün senin CD'ni dinliyorum.

Ahenk içindeki soprano partisyonuna kulak verdiğim an, "Aa, demek bu senin sesin," diye hissettiğim zamanlar oluyor.

Orada şimdi hava kararmak üzeredir.

Henüz etraf aydınlık, mağazalar ışıklarını birer birer yakıyor olmalı. Yayalar ışıklı vitrinlerin önünden telaşla geçiyor olmalı. Tramvay durağında iş çıkışı eve gidenler birikiyor, metroya binmek isteyenler hızlı adımlarla evsizlerin yanından geçip merdivenlerden iniyor olmalı.

Burada artık gece yarısı.

Bu mektubu, pencereyi açık bırakıp ve sesi kısıp CD'ni dinlerken, ara sıra senin şarkını arkadan mırıldanarak yazıyorum.

Buranın yaz gecelerini hatırlıyor musun?

Öğle sıcağını telafi edercesine serin ve nemli havayı...

Nemle iç içe geçmiş karanlığı...

Çim kokusuyla geniş yapraklı ağaçların yoğun özsu kokularının yayıldığı sokakları...

Arabaların sabaha kadar duyulan motor seslerini...

Mahallenin arkasındaki tepeyle birleşen kara çalılıklarda bütün gece öten çim böceklerini...

Bunların içinden senin şarkın akıyor.

Hemen şimdi itiraf etsem olur mu ki?

Pratik yaparken çıkardığın sesin gürültülü olduğundan yakınırdım ama sen her zamanki kanı kaynayan yapınla, uzun süre eğitim almış o güçlü sesinle benim elimi kolumu bağlar, köşeye sıkıştırırdın ki muhtemelen tahmin bile edemezdin üstümdeki etkilerini: Seul'den daha soğuk olan Frankfurt'taki ilk kışımızda, yabancı bir sınıfta, yabancı bir dil ve yabancı insanlar yüzünden bitap halde eve döndüğümde, apartman kapısının aralığından sızan şarkını duyduğumda duvara yaslanıp oturduğumu... Senin o güzel sesinin yüzümü nasıl okşadığını...

Kiraların daha ucuz olduğu Mainz'e taşındıktan sonraki kış, ergenliğe adım attığın sıralar bana söylediğin şey var ya, Asyalılara yönelik ürünler satmak için bir dükkân açan annem geç saatlere kadar eve gelmeyince, bomboş yemek masasının başında korkunç derecede tatsız bir tabak müsli paylaştığımız o akşam başını eğerek mırıldanmıştın. Önemsiz bir enstrüman olan bedeninle yakında söylemen gereken şarkı arasında kalan sessizliğin uçurum gibi korkunç geldiği zamanlar olduğunu.

Kıpkırmızı olmuş ellerinin soğuktan sızladığını söyleyen altı yaşındaki kız çocuğunun yüz ifadesiyle, hiçbir şey bilmiyorum dercesine dalgın dalgın bana bakmıştın. İşte o zaman şöyle düşünmüştüm: Görünüşe göre sesinle kendi yüzünü okşayamıyorsun demek ki. Peki, senin ruhunu ne okşayabilir? Muhtemelen o an çaresizlik hissetmiştim.

Sen de benim için böyle bir çaresizlik hissettin mi?

Incheon'a uçak bileti aldığımı annemden duyunca performansın provasından bir gün önce gece treniyle aceleyle gelmiştin. Montunun bir yakası içeride kalmış, soğuk hava ses tellerine zarar vermesin diye beyaz, açık yeşil ve açık sarı eşarplarını bir tanrıça misali kat kat boynuna dolamıştın. "Abi, seni anlamıyorum," dedin, "bizi sevdiğini sanıyordum."

Bazen düşünüyorum.

Kan bağı ne kadar tuhaf bir şey.

Ne tuhaf bir biçimde hüzünlü.

Dünyanın bir ucundan diğer ucuna taşınıp giderken, o denli hassas ve kırılganken, bir sepetteki iki yumurta, aynı kilden yapılmış iki küçük top gibiydik. Senin çatık kaşlı, ağlayan ve kıkır kıkır gülen yüzlerin arasında benim çocukluğum çatladı, kırıldı, güçbela da olsa sağ salim toparlandı ve uçup gitti.

Çocukken oynadığımız oyunları düşünürken gayriihtiyari güldüğüm oluyor. Sonsuz lakaplar takarak birbirimizle dalga geçmelerimiz... Seni sırtımda gezdirirken şarkı söylercesine atışmalarımız... "Nereye geldik?", "Durağa geldik." "Nereye geldik?", "Daha yolumuz uzun." Senden daha güçlü olduğum için sana göz kulak olabildiğim o kısa dönem...

Karton kutudan yaptığımız Bibi'nin evine sürekli rengârenk kâğıtlar kesip kesip yapıştırışın...

Önce, akşamdan sabaha kadar cik cik öterek ölüme yaklaşan Bibi'ye, ardından, hayvancağıza bakarken bütün gece ağlamaktan bitkin düşmüş sana, uykulu gözlerle dik dik bakan pijamalı babamın öfkeyle bize bağırışı:

"Onu derhal dışarı çıkar!"

Hüngür hüngür ağlayarak küçük yumruğunla babamın karnına vurmuştun, bir de baldırını ısırmıştın.

Sevgili Kardeşim Ran,

Babamızı arada sırada düşündüğün oluyor mu?

Seni sevdiği için... Sık sık elinden tutup hayvanat bahçesi, lunapark, kafe gibi yerlere götürdüğü için... Benim bilmediğim daha birçok anınız var mı?

Bilirsin babam benden pek hazzetmezdi. Bizi kıyaslayan o sayısız insan gibi anneme hep söylenirdi: "Bir kız gibi uysal, ders çalışmaktan başka bir şey bilmeyen geri kafalı bir oğlan... Senin gibi girişken ve açık sözlü, gerçek bir erkek gibi yetişecek bir oğula ihtiyacım var." Fakat ben biliyordum ki, onun gerçekten nefret ettiği şey gözlerimdi, mizacım değil. Benimle göz göze gelmekten kaçınırdı. Kazara bakışlarımız buluşsa, yavaş ve sakince gözlerini kaçırırdı. Soğukkanlı bir adam. Çalıştığı şirkette basamakları hızla tırmanarak genç yaşta yönetici olan adam. Almanya'daki şubeye müdür olarak atandıktan bir yıl sonra kendi isteğiyle istifa eden adam. Nereye gittiğini kimseye söylemeden aniden ortadan kaybolan adam. Altı ay sonra ansızın geri döndüğünde hemen göz ameliyatı olmak zorunda kalmış, ameliyatı başarısız geçtikten ve bizimle Mainz'e taşındıktan sonra, son ânına kadar dairemizin dip odasından çıkmak istememişti.

Sana hiç söyledi mi?

Altı ay boyunca nerede saklandığını.

Hangi şehrin alacakaranlığında benim gibi bekleyip geri döndüğünü.

Ona ne bir acıma ne de küçük bir izden ibaret kalmış bir sevgi göstererek sormak istiyorum:

O kadar kısa sürede ne görüp ne duyduğunu?

Bu alacakaranlığın gerçekten tam bir geceye dönüşüp dönüşmediğini?

O daha hayattayken bunları sorsaydım, o soğuk kalpli adam benimle dalga geçer miydi ki? Artık ihtiyaç duymadığı gözlüğünü çıkararak, güzel kaşlarının altındaki boş gözlerle sessizce bana bakar mıydı ki?

Özlediğim Ran,

İnatçı keçi, dobra Ran,

Tamamen kör olsam bile bilgelik kazanamayacağımı sen de biliyorsun, gönül gözü falan asla açılmayacak biri olduğumu. Bir sürü karmaşık, belirsiz hatıraların ve hassas duyguların içinde kaybolup gideceğimi. Doğuştan gelen bu aptallığımla bekleyip durduğumu. Neyi beklediğimi bile bilmeden, yine de ısrarla...

Artık CD sonra erdi ve
Gece az önceye göre daha derinleşti.
Sesin sessizliğe nüfuz ettiğinden,
Bu sessizlik nedense sıcak geliyor.

Şafak sökene kadar üç saat daha beklemem gerekecek, değil mi?

O zamana kadar, kısa süreliğine de olsa gözlerimi dinlendirsem iyi olur değil mi?

Şimdi okuma lambasını kapatsam, karanlık çökecek değil mi?

Kapalı ya da açık olmaları arasında neredeyse hiçbir fark olmayan gözlerimin kara mürekkepten daha koyu gecesi.

Peki, buna inanabilecek misin? Her gece umutsuzluğa kapılmadan ışıkları kapattığıma. Şafak sökmeden önce gözlerimi yine açmam gerektiği için. Perdeyi el yordamıyla aralayıp pencereyi açarak sinekliğin ardından karanlık gökyüzüne bakmam gerektiği için. Sadece hayallerimde ince bir ceket giyip kapıdan dışarı çıkacağım için. Karanlık kaldırım taşlarını adım adım geçerek ilerleyeceğim için. Karanlığa ait kumaşın, tel tel, ince sarı iplikler haline gelerek bedenimi ve bu şehri sarmalayışını seyredeceğim için. Gözlüğümü silip takacağım ve gözlerimi kısarak o kısa mavi ışığın içine yüzümü gömeceğim için. Buna inanabilecek misin? Sırf bu düşünceler bile içimi titretiyor.

10

"Bunlar 'cefa çekmek' anlamındaki bir fiil ve 'öğrenip kavramak' anlamına gelen bir fiil. Hemen hemen aynı, değil mi? Yani bu noktada Sokrates, bir tür kelime oyunu yaparak bu iki eylemin birbirine benzer olduğunu ifade ediyor."

Kadın farkında olmadan dirseğiyle üzerine bastırdığı altıgen kalemi çekiyor. Karıncalanan dirseğini bir kez ovaladıktan sonra tahtada yazılı iki kelimeyi defterine geçiriyor. Kelimeleri önce Yunan alfabesiyle yazıyor ama yanına anadilindeki anlamlarını bir türlü yazamıyor. Bunun yerine sol yumruğunu kaldırıp uyuklamadığı halde gözlerini ovuşturuyor. Başını kaldırıp Yunanca eğitmeninin solgun yüzüne bakıyor. Onun elinde tuttuğu beyaz tebeşiri, kurumuş kan lekesine benzeyen, anadilinde belirgince tahtaya yazılmış yazıları görüyor.

"Ne var ki, bu kelimelerin örtüşmesini basit bir kelime oyunu olarak görmek mümkün değil. Gerçekten de Sokrates için bir şeyler öğrenip kavramak, kelimenin tam anlamıyla bir tür acı çekmek anlamına geliyordu. Sokrates'in kendisi, hayattayken böyle düşünmemiş olsa da onu örnek alan genç Platon en azından böyle düşünmüş olmalı."

Sütunun yanında oturan orta yaşlı adam, otomattan aldığı soğumuş kahvesinden bir yudum alıyor. "İşten çıkıp doğrudan derse gelince yemek yiyemiyoruz," dediği için onun önerisiyle geçen haftadan beri ders, saat sekize ertelenmişti fakat tokluktan mıdır nedir, aksine daha da yorgun ve uykusuz görünüyor. Felsefe öğrencisi dönem bitiminde memleketine gitmiş olmalı ki geçen haftadan beri yok, yüksek lisans öğrencisiyse gergin bir ifadeyle dudaklarını oynatarak kelimeleri sessizce telaffuz etmeye devam ediyor. O, bir keresinde, tıp tarihi üzerine yüksek lisans tezini bitirir bitirmez İngiltere'ye gidip Yunan tıbbını incelemeyi planladığını felsefe öğrencisine söylemişti. Bunu yapabilmesi için tıp tarihi çalışan öğrencilere burs ve kalacak yer sağlayan bir ilaç şirketinin hakem heyetinden geçmesi gerektiğini de belirtmişti. Bir keresinde, her sayfasının altı çizili olan Bergamalı Galenos'un orijinal eserini getirip, anatomiyle ilgili kısımların çözümlemesini Yunanca eğitmeninden rica ederek onu zor durumda bıraktığı bile olmuştu. Klasik metinlerin yorumlanmasının zorluğundan yakınan genç öğrenciye, eğitmen gülümseyerek şöyle demişti: "Eski Yunanca, Avrupa'daki herkes için de zor. Tıpkı Koreli gençlere 'Çin klasiklerini aslından oku,' dendiğinde zorlanmaları gibi... Burada her şeyi mükemmel yapmaya çalışmayın."

"... Bir gün aniden, kendisi Atina'nın en bilge insanı olduğuna dair Delphi Tapınağı'nın güvenini kazandıktan sonra, çalkantılı denilebilecek hayatının ikinci yarısı başlamış oldu. Pazarın girişindeki bir dilenci gibi, kavgacı bir serseri gibi, acemi bir rahip gibi dikilip durarak, defalarca 'Bilmiyorum' dedi. 'Ben hiçbir şey bilmiyorum, yalvarırım biri bana bilgeliği öğretsin.' Herhangi bir öğretmen olmadan öğrenme zamanı, artık herkesin sonunu bildiği o ıstırap dönemi, hayatının geri kalanını oluşturmuştu."

Kadın hâlâ Yunanca eğitmeninin solgun yüzüne bakıyor. Tahtada yazılı anadilindeki sözcükler, sağ yumruğunun içinde terden ıslanmış altıgen kalemin pürüzsüz yüzeyinde ses çıkarmadan eziliyor. Kelimeleri biliyor ama aynı zamanda bilemiyor. Mide bulantısı onu bekliyor. O kelimelerle bir ilişki kurabilir, fakat bir ilişki kuramıyor. Onları yazabilir fakat yazamıyor. Başını öne eğiyor. Dikkatlice nefes veriyor. *Nefes almak istemiyor.* Derin bir nefes alıyor.

11
GECE

Kadının kiraladığı daire karanlık.

Çünkü dairesi hem apartmanın giriş katında hem de salonun önünde gür bir orman var. Uzun ağaçların gövdelerinin görünmesi hoşuna gittiği için burayı tutmuştu ancak o gür ormanın gün ortasında bile salonu gölgede bırakacağını hiç düşünememişti.

Çocuğuyla birlikte yaşarken, gün ışığına yakın olduğu söylenen üç dalga boyundaki floresan lambayı hep açık tutardı, artık buna gerek duymuyor. Zamanının çoğunu dışarıdaki havayı tahmin edemediği loş salonda geçiriyor. Çocuğuyla paylaştığı çift kişilik yatak, gardırop ve televizyonun olduğu yatak odasına neredeyse hiç girmiyor. Aynı şey, çocuk için yaptırdığı ahşap masa ve kitaplık bulunan küçük oda için de geçerli. Orman gölgelemediği için evinin tek aydınlık yeri bu küçük oda ama çocuğun gelmediği günler kapısını açmıyor.

Annesinin cenazesinin hemen ardından –daha çocuğuyla birlikteydi ve söz yitimi başlamamıştı– bir yıl boyunca yas kıyafeti olarak giyeceği giysileri çıkarmış ve altmış santim genişliğindeki ayaklı askıya asmıştı. Pamuklu, mevsimlik siyah bir gömlek ve kısa kollu bir bluz. Pamuklu siyah bir pantolon ve bir kot pantolon. Balıkçı yaka siyah bir kazak ve uzun yün bir kaban. Kalın siyah yünden bir atkı ve bir çift koyu gri eldiven.

"Şimdi oldu. Ayrıca bir şey satın almama gerek yok."

Askının önünde durup düşüncelere dalmışken mırıldanınca hâlâ yatakta oturup onun hareketlerini izleyen çocuk sordu:

"Neden bir yıl boyunca sadece siyah giymek zorundasın?"

Durgun bir tonda cevap verdi:

"Belki de içimin ferahlamasından korktuğum içindir."

"İçin ferahlasa ne çıkar?"

"İnsan suçluluk duyar."

"Anneanneme karşı mı? Ya ama anneannem sen gülünce sevinir."

Ancak o zaman dönüp çocuğa gülümsedi.

Kadının hayatı basit ve sade.

Bir mevsimde bir iki parçadan ibaret siyah kıyafetlerini zamanında yıkayıp giyer, yakınlardaki bir marketten asgari miktarda yiyecek alır, az miktarda yemek yaptıktan hemen sonra bulaşıkları yıkar. Bu temel işleri yapmadığı gündüz saatlerindeyse genellikle salondaki kanepede devinimsiz oturur ve uzun ağaçların kalın gövdeleriyle yemyeşil dallarına bakar. Akşam olmadan ev çoktan kararmış olur. Ağaçların siluetleri kararmaya başlayınca kapıyı açıp dışarı çıkar. Yeşil ışık yanınca hızla yaya geçidinden karşıya geçip yürümeye devam eder.

Daha fazla dayanamayacak kadar yorulmak için yürür. Artık dönmesi gereken evin sessizliğini hissedemeyecek hale gelene dek, siyah ağaçlara, siyah perdelere, siyah kanepeye ve siyah Lego kutularına bakacak gücü kalmayana dek yürür. Yoğun bir uyku sersemliğine kapılıp ne yıkanıp ne de üzerine bir battaniye örterek yanlamasına kanepeye uzanır ve uykuya dalabilene dek yürür. Kâbus görse bile gecenin bir yarısı uyanmamak için, tekrar uykuya dalamayınca sabaha dek sağa sola dönmemek için yürür. O canlı şafak vakti, kırık dökük anıların ısrarla zihnine hücum etmemesi için yürür.

Yunanca dersinin olduğu perşembe günleri çantasını biraz daha erken hazırlayıp yola çıkar. Akademiye birkaç durak kala otobüsten inip öğleden sonra asfalttan yayılan sıcaklığı göğüsleyerek yürür. Bu yüzden binaya girdikten sonra bile tüm vücudu uzun süre ter içinde kalır.

Bir keresinde tam ikinci kata çıkmak üzereyken, önünde yürüyen Yunanca eğitmenini gördü. Gayriihtiyari olduğu yerde kaldı. Ses çıkarmamaya çalışarak nefesini tuttu. Çoktan varlığını hissetmiş olan eğitmen arkasını dönerek gülümsedi. Selam vermek üzereyken vazgeçtiğini belli eden, samimiyet, mahcubiyet ve biraz da teslimiyetle karışık bir gülümsemeydi bu. Ânında yüzündeki gülümseme silindi ve ciddi bir hal aldı; bunu anlayışla karşılamasını rica ediyormuş gibiydi.

Artık, merdivenlerde veya koridorda tesadüfen karşılaştıklarında, eğitmen ona gülümsemek yerine gözleriyle belli belirsiz bir selam veriyor. Biri ön kapıdan diğeri arka kapıdan boş sınıfa girene kadar benzer aralıktaki adımlarla yürüyorlar. İkisi de benzer biçimde hafif öne eğik, ikisinin de omuzlarında büyük bir çanta… Sakin, birbirlerinin varlığının farkında olarak...

♠

Eğitmenin, biriyle konuşmaya başlarken takındığı kendine has bir ifadesi var. Karşısındakinin onayını almak isteyen mütevazı bir bakış bu, ancak bazen sadece mütevazı kelimesiyle açıklanamayacak kadar ince bir hüzün barındırdığı anlar da oluyor.

Yunanca dersinin başlamasına otuz küsur dakika kala sınıfta sadece ikisinin olduğu bir sıradaydı. Kadın yerine oturduktan sonra çantasından birer birer ders kitabıyla kalemini çıkardı ve gayriihtiyari başını kaldırdığında eğitmenin o bakışıyla karşılaştı. Eğitmen kürsünün yanında duran sandalyesinden kalkarak kadından biraz uzaktaki sıraya yaklaştı. Yer açmak için sandalyeyi çekti ve koridora yönelerek oturdu. Ellerini hafifçe havaya kaldırarak parmaklarını birbirine kenetledi, bir an için kadın onun tokalaşmak istediğini sandı. Ellerini böyle kenetlemiş halde, bir süre sessizce durdu adam; sanki konuşup konuşmamaya birazdan karar verecek ve sonra bunu ona bildirecekmiş gibi. Çok geçmeden koridorda birinin ayak sesleri duyuldu ve eğitmen kalkıp kürsünün yanına döndü.

♠

İkisinin sessizce birbirlerinin yüzüne baktığı zamanlar oluyor. Dersin başlamasını beklerken... Ders başladıktan sonra... Teneffüs sırasında koridorda, ofisin önünde... Eğitmenin yüzü giderek tanıdık gelmeye başladı. Eğitmenin sıradan yüz hatları, takındığı sıradan ifadeler, sıradan vücut yapısı ve sıradan duruşu, artık özgün yüz hatları, özgün ifadeler, özgün vücut yapısı ve özgün bir duruş haline geldi. Ancak kadın bu duruma hiçbir anlam yüklememişti. Zira bu değişimi hiç dile getirmiş, kelimelere dökerek düşünmüş değil.

♠

Sıcak bir temmuz akşamı.

Tahtanın her iki kenarına yerleştirilmiş iki vantilatör şiddetle dönüyor. Sınıfın her iki tarafındaki pencereler ardına kadar açık.

Eğitmen, "Bu dünya hem fani hem güzel değil mi?" diyor ve devam ediyor:

"Evet, fakat bu fani ve güzel dünyayı değil de, ebedi ve güzel dünyayı arzulamıştı, Platon."

Normalde her dersi abartılı denecek kadar can kulağıyla dinleyen iri yapılı yüksek lisans öğrencisi, yirmi dakikadır başı öne düşe düşe uyukluyor. Sütunun arkasında oturan orta yaşlı adamsa ensesindeki teri sürekli mendiliyle silip durduktan sonra sonunda bitkin düşerek az önce alnını sıraya dayayıp uyuyakaldı. Uyuklamayan sadece kadın ve genç üniversite öğrencisi. Dönme moduna ayarlanan vantilatörden gelen hava yön değiştirir değiştirmez, delikanlı serinlemek için Kore kâğıdından yapılmış yelpazeyi sallayarak terini soğutuyor.

"Aslında *Devlet* canlı ve gerçekçi bir anlatıdır. Yalnızca akıl yürütmenin güçlü anlatımı bile okuyucuyu içine çekme gücüne sahiptir. Platon tezini açarken bazen dar ve tehlikeli bir noktaya... mesela uçurumun kenarı gibi bir yere her adım attığında Sokrates'in ağzından okuyucuya sorar: 'Beni takip edebiliyor musun?' Tıpkı cesur ve pervasız bir dağcı liderin arkasını dönüp ekibindekilerin güvenliğini kontrol etmesi gibi yani. Aslında bunun, kendisinin sorup kendisinin cevapladığı tehlikeli bir içsel diyalog olduğunu o da biz okuyucular da biliyoruz."

Eğitmen açık yeşil camlı gözlüğünün ardından sakin bakışlarla, kadının berrak gözlerinin içine bakıyor. Belki de öğrenciler dikkat kesilmediği için Yunanca dilbilgisi yerine yaklaşık on dakika metnin içeriğini çözümleyerek açıklıyor. Bilinmeyen bir noktadan itibaren, bu okumaların karakteri, Yunan dili ve felsefesi arasına çarpık halde uzanan bir köprü haline geliyor.

"Platon, güzel şeylere inanıp da güzelliğin kendisine inanmayı reddeden birinin aslında bir rüya halinde olduğunu düşünüyordu ve sağlam bir tartışmayla bu konuda herkesi ikna edebileceğine inanıyordu. Onun dünyasında her şey böylelikle tersine döner. Yani, o aslında kendisinin tüm rüyalardan uyanmış olduğuna inanıyordu. Gerçeklikteki güzel şeylere inanmak yerine, yalnızca güzelliğin kendisine –gerçekte var olamayacak o mutlak güzelliğe– inanan kendisinin."

Dersten sonra çantasını omzuna takıp ofisin önünden geçerken eğitmeni kısa saçlı, yarı zamanlı çalışan öğrenciyle konuşurken görüyor. Yarı zamanlı öğrenci, yeni aldığı akıllı telefonunun işlevlerini heyecanla anlatıyor. Eğitmen bayağı eğilerek gözlerini telefona iyice yaklaştırıyor. Neredeyse gözlüğüyle akıllı telefon çarpışacak. Böyle eğilince gerçekte olduğundan daha ufak tefek görünüyor. Yarı zamanlı çalışan, hızlı ve yüksek bir tonda konuşuyor.

"İşte bu, Antarktika'daki penguen kolonisine yerleştirilen web kamerasının canlı görüntüsü. Çok sıcaklarda açtığınızda gerçekten ferahlatıcı. Bakın, burada da şimdi gece. Penguenleri görebiliyor musunuz? Çoktan uyumuşlar. A, bu mu? Bu koyu mor görünen yer mi? Orası deniz. Beyazımsı olan yerlerse buz. Hepsi buzul. Vaay, tam şimdi kar başladı. Görüyor musunuz? Bunlardan bahsediyorum, parıl parıl parlayan noktalar... Görmüyor musunuz?"

Kadın akademinin bulunduğu eski ve yıpranmış binadan çıktığında, iriyarı yüksek lisans öğrencisinin karanlık duvara yaslanmış, telefonda biriyle konuştuğunu görüyor. Parmaklarının arasında yakmadığı sigara, onun yanından geçtiğini fark etmeden dişlerini sıkmış fısıldıyor: *Söyledim ya, senden bana yardım etmeni istemeyeceğim. O yüzden engel olma yeter. O para yurtdışında okumak için. Bu yaşıma kadar yüksek lisansımı bitirmediğim için dişimi tırnağıma takıp biriktirdiğim para diyorum. O parayı versem de vermesem de babam batacak. Batıp yine batacak, sonuna kadar batacak.*

Yunanca dersi bitince her zamanki gibi karanlık sokaklarda yürüyor. Yoldaki arabalar her zamanki gibi cesur bir hızla ilerliyor. Kırmızı metal kutularda yemek taşıyan motosikletler yol şeritlerini ve trafik işaretlerini görmezden gelerek akrobatik hareketler yapıyorlar. Genç ya da yaşlı sarhoşların, takım elbise ya da kısa kollu gömlek giymiş yorgun şirket çalışanlarının, sinek avlayan lokantaların girişinde yoldan geçenleri boş gözlerle izleyen yaşlı kadınların yanından geçip yürümeye devam ediyor.

Sekiz ve dört şeritli yolların kesiştiği işlek bir caddeye ulaşıyor. Ürkütücü biçimde göğe uzanan gökdelenler ve tepelerine kurulmuş devasa elektronik panolar görünüyor. Her zamanki gibi yaya geçidinde beklerken başını kaldırıp ekranlara bakıyor. Gerçekte olduğundan onlarca kat daha büyütülmüş suratlar, kocaman dudaklarını hareket ettirerek duyulmayan bir şeyler söylüyor. Devasa yazılar balık misali ağızlarını oynatarak ekranın altında akıyor, ağızlarını takırdatıyor. Aşırı büyütülmüş haber ekranları ardı ardına geçiyor. Sedyede taşınan bir ceset, kalabalıklar, yanan bir uçak ve feryat figan ağlayan kadınlar geçiyor.

Çok geçmeden yeşil ışık yanıyor. Henüz soğumamış siyah asfalt yoldan karşıya geçerek önüne çıkan sokağa doğru yürüyor. Devasa elektronik ekranlarda görüntüler ve yazılar sessizce hâlâ akıp geçiyor. Uçsuz bucaksız çölü sessizce kateden gıcır gıcır bir otomobil ve derin göğüs dekolteli elbisesiyle bir aktristin sessiz gülüşü, karanlık yolda bir hayalet gibi parlayıp sönüyor.

♠

Şehri ortadan kesen devasa nehre ulaştığında tozla kaplanmış yüzü tamamen terle parlıyor. Hiç bitmeyecek gibi görünen nehir kıyısındaki kaldırımda yürümeye devam ediyor. Karanlık nehre yansıyan ışıklar şavkıyor. Baldırları çok yürümekten sertleşmiş ve sandaletlerinin ince tabanları yüzünden ayakları sanki alev almış gibi sıcak. Nehrin yüzeyinden gelen kara, nemli rüzgâr yavaşça bedenini serinletiyor.

Geçen bahardan beri her gece soluduğu havada dolaşmakta olan, nefesiyle farkında olmadan solunum yollarından içine girip hâlâ titreşen o mikroskobik ışık parçacıklarının varlığını bilmesi mümkün değil. Hücrelerin arasını belli belirsiz aydınlatan saydam damarları boyunca dolaşan elementleri bilmesi mümkün değil. Ksenon ve Sezyum-137. Yarı ömrü kısa olduğu için çoktan yok olup gitmiş olan radyoaktif İyot-131. Damarlarında inatla akan koyu kırmızı kanın parçacıklarını bilmesi mümkün değil. Karanlıkta kalan ciğerlerini, kaslarını, iç organlarını ve şiddetle pompalama işine devam eden sıcak yüreğini bilmesi mümkün değil.

♠

Altgeçitten geçerek yürümeye devam ediyor. Kepenkleri indirilmiş dükkânların, ışıklarını kapatarak kepenklerini yeni indirmekte olanların önünden geçerek yürüyor. Umumi tuvaletin önünde saçma bir kavgaya tutuşmuş şuursuz sarhoşların yanından geçerek yürüyor. Uzun mu uzun bir bağırsağa benzeyen yeraltı geçidinin sonunda adeta geçit onu tükürmüş gibi karanlık sokağa çıkıyor. Trafik lambalarının çalışmadığı, yalnızca yanıp sönen turuncu ışıkların olduğu tehlikeli bir yaya geçidinden karşıya geçiyor. Düzinelerce arabanın, halka açık bir otoparkta karanlıkta sessizce durduğu in cin top oynayan, adeta bir harabeyi andıran yoldan geçiyor. Yine karşısına çıkan sevimsiz, kasvetli caddeden geçiyor. Yoksul ve gürültülü barların yanından geçiyor. Yolun ortasına kadar çıkıp tehlikeli bir şekilde taksi durdurmaya çalışan sarhoşların yanından geçiyor. Onunla sinsice göz teması kuran parıltılı gözleri, mecalsiz ve ilgisiz bakışları geride bırakıyor.

Gece yarısına doğru kendisini bilmediği bir sinemanın girişinde buluyor. Son filmin bilet satışı bittiği için gişenin ışıkları sönük. Karanlık bilet gişesinin yarı saydam akrilik bölmesine gayriihtiyari yaklaşıyor. Biletçiyle müşterinin konuşabilmesi için açılan sekiz delikli saydam bölmeye dudaklarını yaklaştırıyor ve ânında geri çekiliyor. Düzgünce sıralanmış o deliklerden korkunç bir güç uzanacak, sesini dudaklarından ve gırtlağından zorla çekip çıkaracakmış gibi hissediyor.

♠

Sinemanın önündeki otobüs durağı karanlık ve pis. Ezilmiş bira kutuları, plastik meşrubat şişeleri, plastik poşetler, birinin tükürdüğü balgam ve dağınık patlamış mısır kırıntıları arasında duruyor. Artık yürümek istemiyor. "Belki de bu sonuncudur," diye düşündüğü bir otobüs, durağa yaklaşıyor. Evinin oradan geçmeyen fakat yakınına kadar giden bir otobüs.

Otobüse bindiği anda klimadan gelen aşırı kuvvetli havayla irkiliyor. Loş otobüsün içinde on kadar yolcu sessizce oturuyor. Yorgunluk, yenilmişlik, eski ve zayıf bir düşmanlık duygularını barındıran bir sessizlik.

Her iki koltuğun da boş olduğu bir yer bulana kadar arkaya ilerliyor. Şoför koltuğunun arkasına yerleştirilmiş televizyonda bir dizi oynuyor ama sesi duyulmuyor. Dizide bir kadın ve bir erkek duyulmayan bir tartışmaya girerken birden tutkuyla uzun uzun öpüşmeye başlıyorlar. Renk ayarları düzgün yapılmadığı için ekran soluk mavi bir tonda görünüyor.

Televizyon ekranına bakmıyor. Şiddetli bir yorgunluk çökmüş durumda ama gözlerini kapatsa bile uyuyamıyor. Klimanın neredeyse saldırgan denecek kadar sert üfleyen havası kolunda ve boynunda ürpertiye yol açarken, camdan dışarıyı izliyor. Otobüs ışıl ışıl parlayan caddedeki yokuşu çıkıyor. İnsanın gözünü alacak kadar aydınlık bir kafenin içindeki buzdolabında rengârenk muffinler ve pasta dilimleri sergileniyor. Kapalı bir kuyumcunun vitrininde büyük, sahte bir elmas kolye parlıyor. Bir binanın cephesini kaplayan devasa afişte, tanıdık bir aktör öyle bir gülmüş ki göz kenarındaki kırışıklıkları derin görünüyor. Kısa bir elbisenin altına mevsime hiç uymayan deri bot giymiş bir kadın, elinde sımsıkı tuttuğu telefonu havaya kaldırarak taksi çevirmeye çalışıyor. Kepenkleri inmiş bir lokantanın önündeki basamaklarda, saçlarına ak düşmüş bir adam gazete kâğıtlarının üzerine kıvrılmış yatıyor.

İlkokuldayken yaptığı kaleydoskopu hatırlıyor. Üçgen prizma yapmak için bir ayna dükkânından aldığı üç parça dikdörtgen aynayı birleştirerek içine çeşitli renklerde kâğıdı küçük küçük kesip yerleştirmişti. Ne zaman bir gözünü dayayıp kaleydoskopu sallasa, ortaya çıkan tuhaf dünya onu hep büyülerdi.

Söz yitimi başladıktan sonra gözlerinin önünden o dünyanın geçtiği zamanlar oluyor. Şimdi olduğu gibi pestili çıkmış halde otobüste giderken, karanlık ve sıkı bir ormanı andıran gecede sokaklarda akıp giderken... Akademi binasının karanlık ve dar merdivenlerinden çıkarken... Sınıfa giden uzun koridoru geçerken... Öğleden sonraki güneş ışığına, sessizliğe, ağaçlara, yapraklara ve onların aralarında oluşan sarı desenlere bakarken... Pat pat diye patlayacakmış gibi yanıp sönen neon tabelaların ve renkli ampullerin altından yürürken…

Söz yitimi yaşayınca tüm bu bölük pörçük manzaralar belirgin parçalara dönüştü. Kaleydoskopta sonsuz bir sessizlikte, sayısız soğuk çiçek yaprağı misali hep birden desen değiştiren renkli kâğıtlar gibi.

O zamanlar çocuğu yedi yaşındaydı.

Uzun bir aradan sonra işinin olmadığı sakin bir pazar sabahı, havadan sudan sohbet ettikten sonra çocuğuna bir öneride bulundu. "Bugün kendimize Kızılderililer tarzında bir isim koyalım," dedi. Çocuk bu fikre bayıldı ve neşeyle kendisine "Parıldayan Orman" ismini koyduktan sonra kadına da bir isim verdi. Sanki en doğru isim buymuş gibi kararlılıkla…

"Lapa Lapa Yağan Karın Hüznü."

Hı?

"Anne, bu senin ismin."

Kadın hemen cevap vermedi ve çocuğun parlak gözlerinin içine baktı.

Parçalanmış anılar hareket ederek desenler oluşturuyor. Hiçbir bağlam olmadan... Herhangi bir bütünlük ya da anlam taşımadan... Pare pare dağılırken bir anda kararlılıkla bir araya geliyorlar. Tıpkı sayısız kelebeğin bir anda kanat çırpmayı bırakması gibi. Yüzlerini örten dansçılar gibi.

Çocukluğunu geçirdiği K. şehrinin çevre yolu böyle görünüyor.

Dokuz yaşının yazında, beş yıla yakın zamandır büyüttüğü beyaz köpeğini önüne katıp evlerinin yakınındaki o yoldan geçtikleri bir tatil gününün öğleden sonrası gözünün önünde canlanıyor. Hızla gelen bir minibüs, yıldırım gibi köpeğe çarpıp kaçıyor. Birkaç gün önce dökülmüş sıcak asfaltın üzerine köpeğin belden aşağısı ince bir kâğıt gibi yapışmış. Şimdi gözünde canlanan sahnede sadece ön ayakları, göğsü ve başı hâlâ üç boyutlu kalan köpek, ağzından köpükler saçarak inliyor. Küçük kız düşüncesizce köpeğe yaklaşıp ona sarılmaya çalışıyor. Köpek tüm gücüyle omzunu, göğsünü ısırıyor. Küçük kız çığlık bile atamıyor. İki koluyla köpeği engellemeye uğraşıyor. Dirseğinden bir kez daha ısırıldığı an bayılıyor. Büyükler koşarak geldiğinde köpeğin çoktan ölmüş olduğunu söylüyorlar.

Bakışlarının ulaştığı her yerde, çeltik tarlalarının dört bir yanında ışıldayan sular böyle görünüyor.

Yirmi yaşına girdiği yılın baharında, gece bekçiliği yaptığı kulübede ölen babasının cenazesini K. şehrinin yakınlarındaki aile mezarlığına götürdükleri uzun bir gündü. Tüm dünya adeta bir akvaryuma dönmüşçesine, suyla dolu pirinç tarlaları göz kamaştırıcı mavi ışıklarla parıldıyor.

Koyu kırmızı dudaklarının şiştiği tuhaf rüyayı böyle görüyor.

Defalarca tekrarlanan o rüyada, patlayan kabarcıklardan kan ve irin aktığını görüyor. Ön dişleri hemen düşecekmiş gibi kökünden sallanıyor ve tükürünce bir avuç kan çıktığını görüyor. Kime ait olduğunu bilmediği bir elin taş gibi sert bir pamukla ağzını sıkıca kapattığını görüyor. Sanki kanı ve çığlığı tek seferde bastırmak istercesine kararlılıkla...

♠

Otobüsten indikten sonra tekrar yürüyor.

Beş altı duraklık bir mesafeyi hiç durmadan yürüyüp bir zamanlar kaldırımı kaplayan betonun parça parça kırıldığı tek yönlü bir yola giriyor.

Otobüsün klimasına fazla maruz kaldığı için tropik gecenin harareti hâlâ sıcak geliyor.

Kırık beton parçalarının arasından fışkırmış yabani otları geçerek yürümeye devam ediyor.

Sandaletlerinin siyah deri kayışları arasından çıplak teni nemleniyor.

♠

Hiçbir şeyi yargılamıyor.
Duygu yüklemiyor.

Her şey pare pare yaklaşıyor,
Parçalar halinde öylece dağılıyor. Kayboluyor.

Kelimeler biraz daha bedenden uzaklaşıyor.
Oradaki katman katman ağır gölgeler gibi,
Kötü koku ve mide bulantısı gibi,
Yapışkan bir his misali nüfuz etmiş duygular uzaklaşıyor.
Uzun süre su altında kalarak aşınmış bir fayans gibi.
Farkında olmadan çürüyen bedende bir et parçası gibi.

♠

Sabahtan gece yarısına kadar defalarca terden sırılsıklam olup kuruyan, yapış yapış bedeni, şimdi lavabonun üzerindeki aynaya yansıyor. Yarısına kadar sıcak suyla doldurduğu küvete giriyor. Tozla kaplı bedenini suyun içinde kıvırarak olabildiğince en rahat pozisyonu alıyor. Gayriihtiyari uykuya dalmışken ancak neredeyse su soğuduğunda titreyerek gözlerini açıyor.

♠

Uyuyan çocuğun gözkapağına dikkatlice bir öpücük konduruyor. Yanına uzanıyor ve gözlerini kapıyor. Gözlerini açınca lapa lapa kar yağıyormuş gibi geldiğinden gözkapaklarına daha kuvvetli bastırıyor. Gözlerini kapattığı için görünmüyor. Parlayan iri altıgen kristaller de, tüy gibi kar taneleri de görünmüyor. Koyu mor deniz de beyaz tepeleri andıran buzullar da görünmüyor.

Gece bitene kadar onun için ne söz ne de ışık var. Her şey lapa lapa yağan karla kaplı. Donarak parçalanmış zamana benzeyen kar, katılaşmış bedeninin üzerinde birikiyor. Yanında yatan çocuk yok. Soğuk yatağın bir ucunda hareketsiz uzanıyor, defalarca rüyalara dalarak çocuğun sıcak gözkapaklarını öpüyor.

12

İriyarı yüksek lisans öğrencisi tombul elini kaldırarak Yunanca eğitmenine soru soruyor. Ciddi ve berrak sesi sessiz sınıfta çınlıyor. Terden ıslanmış gri çizgili tişörtü, sırtına ve koltuk altlarına yapışarak koyu gri desenler oluşturmuş.

"Ruhani olan, *τὸ δαιμόνιον, to daimonion* ve ilahi olan *τὸ θεῖον, to theion* arasındaki farkı merak ediyorum. Önceki derste *θεωρία, theoria*'nın 'görmek, bakmak' anlamı da taşıdığını söylemiştiniz. İlahi olan, *τὸ θεῖον, theion* da 'görmek, bakmak' fiiliyle ilişkili midir? Öyleyse, tanrı gören bir varlık mıdır, yoksa bakışın kendisi midir?"

Kadının yanında oturan sivilceli felsefe öğrencisi Yunanca eğitmenine soruyor. Konuşmasında Daegu şivesi hissediliyor. Az önce sıranın üzerine bıraktığı cep telefonunun ana ekranında, beyaz tişörtlü, küt saçlı bir kızla birlikte kollarını kaldırarak kocaman bir kalp yaptıkları fotoğraf görünüyor.

"Her şeyin içinde kendini yok etme potansiyeli olduğunun tartışıldığı kısımla ilgili bir sorum var. Göz iltihabı gözü tahrip ederek görmeyi imkânsız hale getirir ve pas demiri çürütüp tamamen parçalar diye örnek vererek açıklanıyor da. Bunlarla benzerlik gösteren insan ruhu neden bu tür ahmakça ve kötü özellikleri sebebiyle helak olmuyor?"

13

Şafak sökmeden önceydi.

Birisi odama girdi, omzuma dokunup bana bir mektup uzattı. Gözlerimi ovuşturdum, ayağa kalkıp teşekkür ettikten sonra mektubu aldım. Üzerinde yazı olmayan zarfı açtığımda, düzgünce iki kez katlanmış kar gibi beyaz bir kâğıt çıktı. Beyaz kâğıdı açtığım kısa süre içinde, parmaklarımla anlamıştım. Braille alfabesiyle yazılmış bir mektuptu.

Cümleleri dikkatle yoklamaya başladım. Tek bir satırı bile kaçırmadan mektubun sonuna kadar el yordamıyla ilerledim. Hiçbir şey anlayamadım. Okuduğum şeyin Kore alfabesi mi yoksa Braille alfabesi mi olduğunu bile anlayamamıştım. İşte o an farkına vardım. Henüz Braille alfabesini öğrenmemiştim.

Ne göndereni ne de içeriğini tahmin edebildiğim mektubu dizlerimin üstüne koyduktan sonra sanırım biraz gerildim. Şimdi bu mektubu getiren ulağa nasıl bir cevap vermeliydim? Demin mektubu bana verenin, hâlâ başucumda duran o kişinin yüzünü hatırlayamıyordum.

Hâlâ rüyadaydım ama başımı kaldırdığım an, az önce Braille alfabesiyle yazılmış mektubu okuduğum bir rüyadan uyandığımı sanmıştım. Odada kimse yoktu. Sanki çocukluk dönemindeki sabahlar geri dönmüş gibi, tüm nesneler belirgin renk ve biçimleriyle gözlerimin önüne serilmişti. Pencere açıktı. Rüzgâr mı esiyordu artık bilmem, koyu mavi perdeler hafifçe dalgalanıyordu. Odadaki hava, sanki incecik cam parçalarıyla doluymuş gibi pırıl pırıl parlıyordu. Soluk maviye boyanmış duvarda sayısız su damlacığının biriktiğini görebiliyordum. Dış duvardan sızarak yerlere akan göz kamaştırıcı su damlacıklarını izlerken şüpheye düştüm. Dışarıda yağmur mu yağıyor acaba? İyi de neden bu kadar aydınlık?

Gözlerimin açık olduğu bir rüya görürken birdenbire uyuduğumu fark ettiğim an acı hissetmiyorum. Ne bir kaybolmuşluk duygusu ne de bir teslimiyet. Uyku yavaş yavaş bedenimden çekilirken yalnızca kararlılıkla sırtımı dönüp rüyadan ayrılıyorum. Sonunda gözlerimi açıp soluk beyaz tavana ve ana hatları silikleşmiş eşyalara bakıyorum. Bir kez daha sıyrılıp gidebileceğim rüyaların dışında bir dünya olmadığı gerçeğini, soğukkanlılıkla teyit etmekten başka bir şey yapamıyorum.

14
SURAT

Hâlâ inanamıyorum. Senin, otuz yedi yaşındaki, Joachim Grundell'in ölümüne. Braille alfabesiyle yazılmış, okuyamadığım mektubu parmak uçlarımla son harfine kadar taradıktan sonra nasıl olursa olsun anladığımı söylemek zorunda hissettiğim o yabancı rüya gibi.

"O kadar uzaklardan gelemeyeceğini biliyorum," dedi annen. "Cenaze töreni altı saat sonra yapılacak ve ben de üzüleceğini düşündüğüm için sana bilerek geç haber verdim," diye de ekledi. Elimden geldiğince sakin olmaya çalışarak "Üzgünüm," dedim. Annen "Sorun değil," diye karşılık verdikten sonra bana nasıl olduğumu sordu. "İyiyim," dedim, "Almanya'ya dönünce sizi ziyaret edeceğim." Annen hemen cevap vermedi. Bir anlık sessizlikten sonra boğuk bir sesle konuştu:

"Elbette, kapım sana her zaman açık."

Bu telefon görüşmesini yaptığım cumartesi sabahından beri yatakta uzanıp tavana bakıyorum. Açlıktan buzdolabını her açtığımda, yanan parlak ışık yüzünden içindekileri nispeten daha net görebilmeme şaşırıyorum. O soğuk, berrak alan, donmuş bir cennet gibi geliyor bana, bu yüzden buzdolabını açık bırakarak oyalanıyor, acele etmiyorum. Basit bir şeyler çıkararak sofraya koyuyor, açlığımı kısa süreliğine dindirdikten sonra istirahat etmesi gereken bir hasta gibi dönüp yatağıma uzanıyorum.

Odanın penceresi son derece büyük ve aydınlıktı ya.

Gün ışığının bolca içeri dolduğu öğleden sonraları, pencere pervazının altındaki raflara dizdiğin onlarca uçak maketinin her biri parlak bir ışık yayardı. Ben sana sırtımı dönüp maket uçakların detaylarını hayranlıkla seyrederken, sen çarşafı mavi yeşil kareli yatağın üzerinde bağdaş kurup konuşmaya devam ederdin. Başımı çevirip seninle göz göze geldiğimizde, sen muzipçe burnunu bir kez oynatır, kemik çerçeveli gözlüğünü düzeltirdin.

Senin gibi bir kitap kurdunun daldan dala atlayarak anlattığı renkli konular, sayısız ima, alıntı ve tartışma tünelinden bir hız treni gibi geçerek uzun süre devam ederdi. Bazen hikâyen çok uzayacak gibi geldiğinde, annenin yaptığı enfes turtadan bir ısırık alırdım. Masanın yanındaki maviye çalan gri duvara yapıştırdığın eski haritaların kopyalarını, gezegen fotoğraflarını, siyah beyaz minyatürleri –armadillo, mamut ve Neandertallerin yan yüzlerini– ilgisizmiş gibi davransam da derinlemesine incelerdim.

Ara sıra, konuyu dönüp dolaştırıp pek de dikkat etmeden benim gözlerimin durumuna ve ondan ayrı düşünülmesi mümkün olmayan istikbalime getirdiğin de olurdu. Bu meselelerin içten içe beni incittiğini bile bile... Bir gün gülerek şöyle demiştin: "Yerinde olsam, ilerisi için Braille alfabesini şimdiden öğrenirim. Beyaz bastonla sokaklarda tek başına yürümeye de alışmaya çalışırım. İyi eğitilmiş harika bir rehber köpek edinir ve hayvancağız yaşlanıp ölene kadar birlikte yaşardım."

Yani bir bakıma sen, bunları söyleme hakkının kendinde olduğuna inanıyordun değil mi? Dünyadaki her türlü talihsizlikle çekinmeden başa çıkabilecek kadar acı çektiğini söylerdin. Bebekliğinden beri irili ufaklı on küsur ameliyat geçirdiğini ve on dört yaşında altı aylık ömrünün kaldığını duyduğunu söylemiştin. Kendi kendine azimli çalışmanın sonunda üniversiteye girdiğini gören doktor ve hemşirelerin hepsinin dillerinin tutulduğunu da söylemiştin değil mi? Böylece hastaneden dışarı çıkıp edindiğin ilk arkadaşının ben olduğumu da.

Gayet net hatırlıyorum, ilk tanıştığımızda beni şaşırtan o sıska vücudunu. Doğum günün benden hepi topu yedi ay önce olmasına rağmen tıpkı orta yaşlarda bir adam gibi kırışık dolu alnını.

Yüzünü buruşturup alnındaki çizgileri daha da derinleştirerek bana şöyle söylemiştin:

"İtiraf etmem gerekirse... Gelecekte ne şekilde olursa olsun bir kitap yazarsam, umarım Braille alfabesinde de yayımlanır. Birileri parmaklarıyla yoklayarak, baştan sona satır satır dokunarak o kitabı okusa ne güzel olur. Bu gerçekten... Nasıl desem, gerçekten o kişiyle temas kurmak olur. Öyle değil mi?"

Sanki bunun rasgele yapılmış bir şaka olmadığını kanıtlamaya çalışıyormuşçasına ciddi bir şekilde yüzüme baktın. Hassas insanlara özgü farkındalığın sezildiği, yüzündeki o ifadeyi hatırlıyorum.

Gün ışığında irisleri tüm açıklığıyla belirginleşen o açık mavi gözlerini de. O an, senin yüzüme dokunmak istediğini hissetmiş olsam da yahut belki de ben senin yüzüne dokunmak istesem de, bu hissi hemen reddettim.

Seninle ilk ve son kez banliyödeki kayalık dağa tırmandığımız pazar gününü hatırladığım zamanlar oluyor. Dışarı fırlamış eklemlere benzeyen bembeyaz kayalara şortla tırmanırken, dikenli, kuru çalılara baldırlarımızın sürtünmemesine dikkat ederken, iki dizimizi avuçlarımızla destekleyerek daha yukarılara tırmanırken, terimizi silip dinlenirken, bir gece önceden dondurduğumuz suyu içerken, atıştırırız diye yanımıza aldığımız kara ekmeği çiğnerken, artık hatırlayamadığım şakalar yapıp boş boş gülüşürken... Sonunda zirveye varamadan güneşin alçalmaya başladığını fark edip dağdan geri inmiştik.

O zaman, "Çocukluğumu geçirdiğim mahallede de böyle kayalık dağlar vardı," diye içimi dökmeye başlamıştım. İnsu ve Begunde adında iki kayalık zirveye bakarak büyüdüğümü... Şimdi bile memleketimi düşününce 10 milyon nüfuslu o kalabalık şehir yerine o bir çift yüze benzeyen zirvelerin aklıma geldiğini...

O iç döküş ânımı tam olarak hatırlıyorum, her zamanki gibi şakayla ve neşeyle karşılık vermek yerine, o an yere yığılıp kaldığın için. Eğimli yolda iki üç metre yuvarlanıp uzun bir kayaya sırtını çarparak durduğun için.

Buna inanmam mümkün değildi. Bana her zaman artık tamamen iyileştiğini söylerdin ya. O bıkkınlık veren hastalıkla geçen yirmi yılı hatırlamak bile istemediğini söyleyerek nispet yaparcasına bir sigara yakıp ardından bardaktaki birayı kafana dikerdin ya. Kendine güvenle söylediğin o sözlerinden zerre kadar şüphe etmemiştim ki.

O an, tanımadığım biriymiş gibi görünen o katılaşmış yüzünü hatırlıyorum. İlk kez bir başkasının ölümünü görürüm korkusuyla tir tir titreyen ellerimi hatırlıyorum. Gözkapaklarının nasıl kapalı ve devinimsiz olduğunu hatırlıyorum. Seni sırtımda taşıdığım dik kayalık yolda iç çamaşırlarıma kadar ter içinde kalmıştım. Gözkapaklarımdan içeri yağmur gibi yakıcı ter akıyordu.

♠

Dağdan böyle indikten sonra on gün geçmişti ve sen hastane odasındaki demir yatağında doğrulup oturarak bana sormuştun:

"Sen, bir gün bana neden felsefe okumak istediğimi sormuştun ya? Ne düşündüğümü gerçekten duymak istiyor musun?"

Yatağın yanındaki sehpaya gözlüğünü çıkarıp koymana rağmen sanki takmışsın da düzeltmeye çalışıyormuşsun gibi burnunu kırıştırdın.

"Antik Yunanlar için erdem, iyilik ya da asalet değil, bir şeyi en iyi şekilde yapabilme yeteneğiydi, denir ya. Bir düşün. Hayat üzerine en iyi düşünebilecek kişi nasıl biridir sence? Nerede, ne zaman olursa olsun ölümle yüzleşebilecek biri... Bu sebeple her zaman, can havliyle hayatı düşünmekten başka çaresi olmayan biri... Yani, işte tam da benim gibi biri düşünce konusunda en üstün *arete*'ye* sahip değil mi sence?"

♠

Seneler geçip seninle yollarımız ayrıldıktan sonra tek başıma İsviçre'yi gezdiğim zamandı.

Lucerne İskelesi'nden bir tekneye binip gün boyunca buzla kaplı kanyonların arasından süzülerek dolaştığım bir gündü. İlk planım, teknenin son durağına –gölün en derin

---

* Antik Yunan filozoflarının erdem anlamına gelecek şekilde sıklıkla kullandıkları Yunanca sözcük. (ç.n.)

noktasına– kadar gitmekti ancak ani bir karar değişikliğiyle Brunnen adındaki küçük bir kasabada indim. Bu kararı alma sebebim iskeleyi çevreleyen iki büyük beyaz kayalık dağın zirvesiydi. Soldaki zirve Seul'deki Bukhan Dağı'nın Begunde zirvesine, sağdaki ise İnsu zirvesine tıpatıp benziyordu.

Büyüdüğüm Suyuri tarafından Bukhan Dağı'na bakıldığında, solda Begunde zirvesi ve sağda İnsu zirvesi vardır, aslında Begunde daha yüksek olsa da İnsu zirvesi biraz önde olduğu için daha yüksekmiş gibi görünür. Brunnen'deki iki zirve konumları, yükseklik farkları, beyaz kayaların şekilleri ve hatta gür ormanları bakımından çok benziyordu. Herhangi bir duygusal hazırlık yapmadan böylesine tanıdık bir manzarayla karşılaşınca sanırım biraz sarsılmıştım.

İskeleye inince, kafeteryanın dışına konmuş alüminyum tabureye oturup öğle yemeği yiyen delikanlı gözüme çarptı. Açık sarı saçlı, ince uzun yüzlü. Bol kot pantolonlu. Seninle en ufak bir benzerliği olmayan o çocuk bana seni düşündürdü.

Bana bakıp gülümseyen gence "Ne yiyorsun, lezzetli mi bari?" diye sordum. Başparmağını kaldırarak cevap verdi: "Hımm, bu İsviçre usulü *cheesecake*. Hem bugün cuma ya..." İçeri girip ben de aynı *cheesecake*'ten alıp çıktım ve onun yanındaki masaya oturdum.

"İyi de cuma gününün *cheesecake* ile ne alakası var?" diye sorunca açıkladı:

"Cuma günü herkes et yerine *cheesecake* yer. Gerçi ben o kadar dindar biri değilim ama... Hz. İsa cuma günü vefat etti ya," diye cevap verdi.

Daha sonra yaptığımız sohbet pek de özel değildi.

Birbirimize nerede doğduğumuzu, ne iş yaptığımızı, bu kasabanın nasıl bir yer olduğunu ve daha nereleri gezeceğimizi sorduk. Adının Immanuel olduğunu, elektrik teknisyeni olarak çalıştığını, mesleğini son derece sıkıcı bulduğunu, bir gün Almanya ve Avusturya'yı gezmek istediğini öğrendim. Ayrıca, üç yaşındayken anne babasının boşandığını, ilk on yıl boyunca annesiyle, son on yıldır da babasıyla yaşadığını anlattı. O da benim İsviçre sınırındaki Konstanz'da iki yıldır "kafa yoran" bir bölümde okuduğumu, Bodensee'nin Lucerne Gölü kadar güzel olmasına rağmen kışın şehir merkezine sık sık sis çöktüğü için insanı bunalıma soktuğunu ve akşama kadar sisin dağılmadığı günlerde görüş mesafem kısaldığından binaların duvarına neredeyse yapışarak yürümek zorunda kaldığımı öğrenmiş oldu. Berlin'e hiç gidemediğimi söyleyince biraz hayal kırıklığına uğramışa benziyordu.

Brunnen'in küçük ve sıradan merkezini dolaşmak gibi bir niyetim yoktu. Sadece Immanuel ile yan yana oturup gölü izleyerek İsviçre usulü az tatlı *cheesecake* yerken amaçsızca lak lak etmek yeterliydi. Güneş göz kamaştırıyordu ancak göl kenarındaki rüzgâr pek serindi.

Yaklaşık otuz dakika sonra Lucerne'e gidecek olan tekne yanaştı ve Immanuel ile hafifçe tokalaşıp ayrıldık. Birbirimize yalnızca isimlerimizi söylemiş, e-posta veya buna benzer iletişim bilgilerini paylaşmamıştık. Tekne Brunnen İskelesi'nden uzaklaşırken ona el salladım, o da bana el salladı. Oturduğum alüminyum tabure ve yaklaşık çeyreğini yemediğim *cheesecake* tabağım gittikçe uzaklaştı ve gözden kayboldu. Sana zerre kadar benzemeyen Immanuel'in görüntüsü de yavaş yavaş uzaklaştı ve sonra bulanıklaştı. Begunde ve İnsu'ya benzeyen beyaz kayalık zirveler de gittikçe uzaklaşırken tekne, kanyonu dönünce nihayet tamamen gözden yitip gitti.

O an yüreğimde neden bir soğukluk hissetmiştim ki? Ağır ağır yapılan bir vedayı andıran o manzara, anlaşılmaz sözlerle doluymuş hissi veren o sessizlik neden hâlâ bu kadar canlı aklıma geliyor ki? Sanki o deneyim bana bir şeylerin cevabını vermiş gibi, acı verici bir lütfa benzeyen o cevap çoktan verildiği için ne şekilde olursa olsun onu kendi çabamla anlamam gerekiyormuş gibi.

Parlak olan

Hafif aydınlık olan

Gölgelenmiş olan

Gözlük takmadan, o birkaç ifadeyle değiştirilemeyen ince ışık düzeylerindeki farkları hissederek üç gündür tavana bakıyorum.

Anlamam mümkün değil.

Sen öldün ama her şeyin benden kopup gittiğini hissediyorum.

Sadece sen öldün, gelgelelim...

Sahip olduğum tüm anıların kanadığını, hızla lekelendiğini, paslanıyor olduğunu, ufalanıp dağıldığını hissediyorum.

Bazen bana felsefe okumak için fazla edebi olduğumu söyleyip, öğüt verirdin ya. "Senin düşünce vasıtasıyla ulaşmayı hedeflediğin yer sadece bir tür edebi yücelme hali değil mi?" derdin.

Gece geç saatlere kadar süren tartışmalarımızı hatırlıyorum. Tartışmamız tamamen bittiğinde birdenbire boş duvarlara ya da koyu renkli perdelere dikkatimi verirken, o âna kadar bizi bekleyen bir şey varmış gibi hissettiren o duru sessizliği de. O zamanlar sen, aşılması imkânsız bir düşmandın. Sorduğum her soruyu rahatça cevaplıyordun ama senin aksine ben, bana sordukların karşısında hep kayboluyordum. "Bu yanlış," derdin, "kusura bakma ama şimdi yanılıyorsun." Uzun tartışma sona erer gibi olurken eklerdin: "Sen her halükârda edebiyat okusan daha iyi olur." İşte sen böylesine müşkülpesent bir arkadaş, aşırı titiz, yaşıtım bir öğretmendin.

O öğretmenin bana verdiği öğüdün muhtemelen doğru olduğunu tahmin ediyordum ama yine de öyle yapamazdım. Edebi metinleri okuduğum zamanlar sabırlı olmam mümkün olmuyordu. Duyuların, imgelerin, duyguların ve düşüncelerin birbirine belirsizce kenetlenerek halay çeker gibi salındığı o dünyaya asla güvenmek istemedim.

Fakat ben kesinlikle o dünyadaki her şeyin cazibesine kapılmıştım. Aristoteles üzerine ders veren Borschart Hoca, gizilgüç hakkında açıklama yaparak "İleride saçlarım beyazlayacak. Fakat şu an gerçek anlamda böyle bir durum söz konusu değil. Şimdi kar yağmıyor fakat kış geldiğinde en az bir kere kar yağacaktır," dediğinde çok duygulanıp etkilenmem yalnızca iç içe geçmiş imgelerin güzelliği sayesindeydi. Sınıfta oturan bizlerin ve uzun boylu Borschart Hoca'nın saçlarının bir anda kırağı gibi beyazladığını ve kar tanelerinin uçuştuğunu hissettiğim o bir anlık hayali unutamam. Platon'un geç dönem eserlerini okurken çamurda, saç tellerinde, pusta, suya yansıyan gölgelerde, anbean belirip kaybolan hareketlerde bir idea var mı sorusu yine aynı şekilde beni o kadar büyülemişti ki. Bunun nedeni, bu sorunun hissedilir derecede güzel olmasıydı, çünkü içimdeki güzelliği hisseden elektrotlara dokunmuştu.

O sıralar takılıp kaldığım konuları hatırlıyorum. Karanlığın ideası, ölümün ideası ve yok oluşun ideası hakkında sabahlara kadar yaptığımız uzun, bir yere bağlanmayan, hüzünlü sohbetler.

"Her idea güzellik, iyilik ve yüceliktir," demiştin ya. Sanki kendinden küçük bir öğrenciyi ikna etmeye çalışır gibi dinginlik ve hüzünle. "Bundan başka bir çare var mı ki? İşte tam da bu yüzden, tüm ideaların iyilik ideasıyla ilişkili olması kaçınılmaz değil midir? Tıpkı Seul, Venedik, Frankfurt ve Mainz'deki meydanların aynı gün içinde var olması gibi."

Başımı sallayarak sana "Ama bir düşün, eğer yok oluşun bir ideası olduğunu varsayarsak," diyorum... "Bu saf, iyi ve yüce bir yok oluş olmaz mı? Yani, eriyip kaybolan sulu karın ideası, tertemiz, güzelce, tamamen ve hiçbir iz bırakmadan yok olan bir sulu kar değil midir?" diye sormuştum.

Başını sağa sola sallayarak itiraz etmiştin: "Şimdi bak. Ölüm ve yok oluşun yönleri en başından ideadan farklıdır. Eriyip çamura dönüşen sulu kar, zaten bir ideaya sahip olamaz."

Bunları duyduğum an, fani dünyanın tamamı ışığını kaybetmişti. Fakat hiç erimeden havada uçuşan, asla yere düşmeyen sulu karların dünyası hâlâ karanlık bir heyula gibi gözlerimin önüne seriliydi.

Yine avuturcasına "Şimdi bak," dedin.

"Karanlıkta idea yok. Öylesine bir karanlık. Eksi bir karanlık. Basitçe söylemek gerekirse, sıfırın altındaki bir dünyada idea bulunamaz. Ne kadar cılız olursa olsun fark etmez, bir ışık gerekli. En cılız ışık bile yoksa idea da olmaz. Gerçekten anlamıyor musun? En cılız güzellik, en zayıf yücelik bile olsa fark etmez, ne şekilde olursa olsun artıya ait bir ışık olmalı. Ölümün ve yok oluşun ideası nasıl olur? Sen şimdi yuvarlak bir üçgenden bahsediyorsun!"

O gece gün ağarmadan birdenbire bana, her zamanki gibi korkusuzca, alabileceğim her türlü yarayı cesurca göze alarak sordun: "Günün birinde hiç göremeyecek olman duygu ve düşüncelerini nasıl etkiliyor?"

Cevap vermeden yüzüne baktım. Gözlerinin altındaki siyah gölgelere, o çökük yanaklarına, mosmor kesilmiş ölü dudaklarına...

O an, ölesiye nefret ettiğim o sözlerine, o acımasız soruna nasıl cevap vermeliydim acaba?

O zamana kadar bir kez bile kendimi o açıdan düşünmemiştim. Kusursuz Almanca konuşmak için çok geç yaşta, buluğ çağımda Almanya'ya taşınmıştık. Ne kadar elimden gelenin en iyisini yapmaya çalışsam da sınıf arkadaşlarımdan daha iyi olduğum dersler matematik ve Yunancadan ibaretti. Doğu Asyalı bir çocuğun matematikte iyi olması şaşırtıcı bir durum değildi ama eski Yunanca farklıydı. Latincede gayet iyi olan arkadaşlarım bile konu Yunanca dilbilgisi olduğunda hemen havlu atarlardı. İşte tam da o karmaşık dilbilgisi yapısı –binlerce yıl önce ölmüş bir dil olduğu gerçeğiyle birlikte– bana sanki sessiz ve güvenli bir sığınak gibi geliyordu. O sığınakta vakit geçirirken, gitgide eski Yunancayı iyi bilen enteresan bir Asyalı çocuk olarak tanınmaya başladım. Bir mıknatıs tarafından çekilircesine Platon'un eserlerinin etkisi altına girmem de o sıralara denk gelir.

Peki ya gerçekten öyle miydi ki? Yoksa senin söylediğin sebeplerle mi Platon'un tersine dönmüş dünyasına çekilmiştim? Ondan daha önce tıpkı bir kılıç gibi duyusal gerçekliği bir çırpıda kesip atan Budizme hayran kaldığım gibi. Çünkü biliyordum ki, bu görünen dünyayı eninde sonunda kaybedecektim.

O gecenin şafağında neden sana aynı soruyu soramadım ki? Neden senin gibi cesur olup yaralanmanı göze alarak soruna soruyla karşılık veremedim ki? "Benim koşullarım böyleyse, ya senin koşulların, senin durumun, düşünce ve davranışlarını nasıl etkiledi?" diye.

Seninle geçirdiğimiz o uzun zaman boyunca herhangi bir soru ve cevaptan, herhangi bir alıntı, ima ve tartışmadan ziyade, sana içtenlikle iletmek istediklerim, aslında belki de şöyle şeylerdi:

"Sahip olduğumuz en zayıf, en kırılgan ve en yalnız şeyi, yani hayatımızı bir gün maddi dünyaya iade ettiğimizde, hiçbir karşılık alamayacağımızı.

Günün birinde, ölüm ânı beni bulduğunda, yaşadığım tüm deneyimlere ait anıları asla yalnızca güzel olarak hatırlayamayacakmışım gibi geldiğini.

Böyle sıradan bir bağlamda Platon'u anladığıma inandığımı.

Onun da yine güzel olan hiçbir şeyin olmadığını bildiğini.

Mükemmel olanın ebediyen var olmadığı gerçeğini en azından bu dünyada."

O zamanlar hayal ettiğim imgelerin özellikle belirgin bir şekilde aklıma geldiği anlar oluyor.

"Hâlâ soğumamış geç sonbahar toprağına değer değmez eriyip kaybolan kar taneleri.

Baş döndürücü bir şekilde yükselen erken baharın pusu."

Sessiz ve belirsiz o işaretler,

Hiç inanmadığım tanrının parçacıkları.

Ne doğan ne de yok olan idealar.

Her varlığın arkasında, suyun üzerindeki parlak gölge gibi beliren,

Her varlığın binlerce göz kamaştırıcı çiçek olarak açtığı ve dünyayı sarıp sarmaladığı,

On altı yaşındaki benim tüm gücümle tutunduğum Budizmin Hwaeom öğretisi.

Gözlüğümü çıkarıp yatakta uzanarak loş bir beyazlıktaki havaya bakarak o dünyayı düşünüyorum.

Fal taşı gibi açtığım gözlerimle onun içine bakıyorum.

Fakat o zamanlarki seni esir alan şeyler bunlar değildi.

Fiziksel gerçeklik ve zaman.

Hiçlikten sıcak bir patlamayla doğan dünya.

İlerlemeden önce sonsuza kadar dolanıp duran zamanın tohumları.

Evet, zaman.

Borges'in "Beni tüketen bir ateş," dediği şey.

O bilmeceye, bir an fırlatılıp sonsuza kadar uçup giden oka, onun içinde yanarak yok oluşa karşı direnen hayatlara çıplak ellerinle dokunmak istemiştin.

Sonunda dayanamayıp okulu terk ettin.

Bir daha asla öğrenci falan olmayacağım diye bana, yorgun annen üzerine yemin ettin.

Dudakların, burnunu ve dilini deldiren arkadaşlarını hatırlıyorum.

Özellikle aralarında gözlerinden hüzün okunan o arkadaşını da...

Sesini yükselttikçe insanın içini parçalayan, hüzünlü müziklerini hatırlıyorum.

Bana demiştin ki...

"Hastane odasının benzen kokusu içinde büyümedikçe kimse beni anlayamaz.

Güzellik yalnızca yoğun, canlı bir güç olmalı.

Hayat, asla mecburen dayanılması gereken bir şey haline gelmemeli.

Bu dünyadan başka bir dünya hayal etmek suçtur."

Yani, sana güzel gelen şey kalabalık yollardı.

Güneş ışığının yakıp kavurduğu tramvay durağıydı.

Hızla atan kalp,

Şişip kabaran ciğerler,

Hâlâ sıcak olan dudaklar,

Ve o dudakları birinin dudaklarına sertçe sürtmekti.

Şimdi bütün o sıcaklıkları kayıp mı ettin?

Gerçekten öldün mü?

Düşüncelere dalmış yüzün.

Kenarlarındaki derin kırışıklarla ağzın.

Gülen gözlerin.

Aşikâr bir cevap vermek istemediğin zamanlarda omuzlarını silkme alışkanlığın.

Bana ilk kez sarıldığında, o beden dilinin barındırdığı yoğun ve gizlenemez arzuyu hissettiğimde, tüyler ürpertecek kadar korkunç ve kesin bir şekilde kavramıştım sanırım.

İnsan bedeninin hüzünlü bir şey olduğunu. Girintili çıkıntılı yerler, yumuşak köşeler, kolayca yaralanabilen kısımlarla dolu olan insan bedeni. Kollar, koltuk altları, göğüsler ve kasık. Birine sarılacak şekilde, sarılma isteği uyandıracak şekilde yaratılmış o beden.

O günler geçmeden önce sana bir kere olsun sımsıkı sarılmalıydım oysaki.

Bu beni asla incitmezdi.

Sonunda ne yıkılır ne de ölürdüm.

♠

Yakında, aynaya yansıyan yüzümü diğer nesnelerden ayırt edemez hale geleceğim.

Hatırladığım tüm yüzler hafızamda kaskatı donup kalacak.

Sen olsaydın bana şu an çekinmeden öğütler verirdin. Omuzlarını silkerek ve abartıyla burnunu kırıştırarak konuşurdun.

Ne olmuş yani? Braille öğrenirsin olur biter. Boş kâğıda delikler açarak bir şiir yaz. Güzel bir av köpeğiyle nasıl arkadaş olunacağını öğren.

Eğer ölmeseydin, Almanya'ya dönüp seninle tekrar karşılaştığımda yüzüne dokunmak zorunda mı kalırdım acaba? Acaba alnını, gözkapaklarını, burnunu, yanaklarındaki ve çenendeki kırışıklıkları elimle yoklayarak okumak zorunda mı kalırdım?

Hayır, ben öyle yapamazdım.

Zaman geçtikçe beni arzuladığın için.

O arzuya dayanamadığından debelenip durduğun için.
Aramızdaki her şeyi kendi ellerinle yıkıp geçtiğin için.
Ben seni derinden yaralayıp son sürat kaçtığım için.
Seni suçladığım için.
Sen olmayan seni görme isteğiyle uyuyamadığım için.
Sen olmayan seni, bir tek seni delicesine özlediğim için.

O yalnız beden şimdi ölü mü?
Bedenin ara sıra beni hatırladı mı?
Benim bedenim şu an senin bedenini hatırlıyor.
O kısa ve ıstırap veren sarılışını,
Titreyen ellerini ve sıcacık yüzünü,
Göz pınarlarında biriken yaşları.

15

Kadın, gövdesini öne doğru eğiyor.
Kalemi tutan eline güç veriyor.
Başını daha çok eğiyor.
Sözcükler elle tutulamıyor.
Dudaklarını kaybetmiş sözcükler,
Diş köklerini, dilini kaybetmiş sözcükler,
Boğaz ve nefesi kaybetmiş sözcükler tutulmuyor.
Bedensiz bir hayalet gibi, varlığına dokunulmuyor.

16

ἐπὶ χιόνι ἀνὴρ κατήριπε.
χιὼν ἐπὶ τῇ δειρῇ.
ῥύπος ἐπὶ τῷ βλέφαρῳ.
οὐ ἔστι ὁρᾶν.

αὐτῷ ἀνὴρ ἐπέστη.
οὐ ἔστι ἀκούειν.

Birisi karda yüzüstü uzanmış yatıyor.
Boğazında kar.
Göz yuvarlarında toprak.
Hiçbir şey görünmüyor.

Önünde birisi duruyor.
Hiçbir şey duyulmuyor.

17
KARANLIK

Az önce binanın içine uçarak bir kuş girdi. Çocuk yumruğundan daha küçük bir baştankara. İçeri daha az önce girmesine rağmen çıkış yolunu bulamadığından olsa gerek, telaşla öterek kafasını beton duvara ve ikinci kata çıkan merdiven korkuluğuna çarpıyor.

Tam girişe adım atan kadın ses çıkarmadan duruyor. Kuşun üçüncü kez kafasını duvara çarptığını görünce arkasını dönüyor. Bir tarafı açık olan cam kapının, diğer kanadını da ardına kadar açıyor. Dilinden ve boğazından daha derin bir yerlerden konuşuyor.

Dışarı çıkmalısın.

Kuşu dışarı çıkarmak için kadın, çantasını duvara hafifçe vuruyor. Kuşun bunu tehdit olarak algıladığı belli. Bir anda aşağı kata inen merdivenlerin karanlığına doğru uçarak gözden kayboluyor ve ardından korkulukların hemen altına gizlenip hareketsiz kalıyor.

Orada saklanamazsın.

Dışarı çıkmak zorundasın.

Kadın iki adım geri çekilince, sanki gardını indirmiş gibi cılız bir sesle cik cik diyor. Bir adım yaklaşınca ses pat diye kesiliyor. Kadın açık kapıdan dışarı bakıyor. Gövdeleri beyazımsı yaz ağaçları giderek akşamın ışıklarına gömülüyor. Sis farları açık bir taksi cam kapının önüne kadar gelip duruyor.

Üzerinde desensiz beyaz pamuklu gömlek ve koyu gri pamuklu pantolon olan bir adam taksiden iniyor. Binanın önündeki karanlık basamaklara takılıp düşmemek için taksiden iner inmez el fenerini yakıyor. Işıkları yanan binaya girdikten sonra feneri kapatıp omzundaki ağır çantasını düzelterek kadına yaklaşıyor. Bir an duraksadıktan sonra alçak sesle soruyor:

"... Neye bakıyorsunuz?"

Adam, kadının yukarıdan baktığı merdiven korkuluğunun altındaki siyah varlığa doğru hafifçe eğiliyor. O canlı, karanlıkta biraz kımıldıyor. Adam el fenerini açıp ona doğrultuyor. Fare mi? Yoksa yavru kedi mi? Ne olduğunu ayırt edemiyor.

Kadının nefes alışındaki gerginliği adam açıkça duyuyor. Kadının sesini ilk defa şimdi duyduğunu fark ediyor. Kadının saçları arkadan sıkıca bağlı. Kulağının altına doğru inen bebek saçları derin nefes alıp verişiyle uyumlu halde sallanıyor. Adam birden onu doğru düzgün görmek istediğini düşünüyor. Yeterince ışık olmadığından, el fenerini kadının yüzüne tutmadığı sürece yüzündeki ifadeyi seçmek imkânsız.

Yine işaret diliyle mi konuşmalıyım diye düşünürken kadının nefes alıp verişleri uzaklaşıyor. Kısa kollu siyah bluzu, siyah pantolonu, solgun yüzü, boynu ve kolları uzaklaşıyor. Alçak topuklu ayakkabılarının sesi, her adımda sanki noktalama işaretleri gibi taş basamaklarda yankılanıyor. Adam, üçüncü katın koridoruna kadar kesintisiz devam eden o sese kulak vererek, sessizce duruyor. Sözsüz, sonsuz uzaklaşan o ayak seslerinin, kendi duygularının hangi noktasını uyandırdığını, benzer şekilde böyle karmaşık duyguları ne zaman yaşadığını düşünüyor.

Adam onun arkasından çıkmak için tam merdivenlere adım atacakken bir cik cik sesi duyuluyor. Hemen duruyor. Merdivenlerden aşağıya bakınca, ölü gibi kapkara bir varlığın, bodrumdan iki basamak, üç basamak atlayarak yukarı zıpladığını görüyor. El fenerini tutunca tekrar bir ölü gibi kıvrılıyor. Ancak o zaman bunun bir kuş olduğunu fark ediyor.

"… Dışarı çıkmalısın, orada kalırsan olmaz."

Adamın sesi karanlık boşlukta yankılanıyor. Başını çevirip giriş kapısının dışındaki ağaçlara bakıyor. Akşam ışıkları hızla koyulaşıyor ve ağaçların silueti neredeyse kapkara görünüyor.

Bir süre tereddüt ediyor, çantasını açıyor ve içinden kalın bir kitap çıkarıyor. Kitabı dürüp bir elinde tutarak, diğer elinde el feneriyle dikkatlice merdivenlerden iniyor. Üç basamaktan fazla inmeyi düşünmüyor. Kuş hâlâ hareketsiz. Elindeki kitapla kuşun olduğu tarafa hafifçe vurmak için eğildiği an, kuş tiz bir cik cik sesiyle havalanıyor. Yüzüne doğru uçan kuştan kaçınmaya çalışırken ayağını merdivenlerde boşa atıyor. El fenerini düşürüyor. Kuş sertçe bir duvara, bir korkuluklara kafasını çarpıyor. Tekrar ona doğru uçuyor. Gözlüğü düşüyor. Kulağının arkasından gelen kanat sesiyle kollarıyla yüzünü kapatıyor ve sendeliyor. Gözlüğünün camları iki üç kez ayaklarının altında ezilip kırılıyor. Ayaklarının altından kayan gözlüğü merdivenlerden aşağı yuvarlanıyor. Kuş tüm gücüyle kanatlarını çırparak cam kapıya doğru dönüyor. Kafasını beton duvara ve teneke posta kutusuna çarpıyor.

Karanlık basamakta oturuyor. Her şey siyaha bürünmüş. Titreyen elleriyle, gözlüğünü bulmak için merdivenleri yokluyor. Mesafeyi kestiremeyeceği o derin yerde, puslu bir şekilde yayılan ışık huzmesinin içinde el feneri var.

"... Kimse yok mu?"

Ses boğuk çıkıyor, zor duyuluyor.

"Orada kimse yok mu?"

Kol saatini gözlerine yaklaştırıp karanlıkta parlayan açık yeşil ibreye bakıyor. Çok iyi göremiyor. Muhtemelen saat sekiz on beş civarı. Temmuz ayının son haftası, milletin tatile gitmeye başlamasından önceki perşembe. Cuma günkü dersler iptal edilmiş, akademi ofisinde yarı zamanlı çalışan öğrenci, sınıfların kapısını kilitlemeden memlekete erken gideceğini söylemişti. Şirket çalışanı orta yaşlı adam da bugün derse gelmeyeceğini önceden bildirmişti. Öyleyse, üçüncü kattaki derslikte sadece o kadın, yüksek lisans öğrencisi ve felsefe öğrencisi olmalı. O kadın ona yardım edebilecek biri değil. Diğer iki öğrenciyse havadan sudan konuşarak eğitmeni otuz dakika kadar sabırla bekleyebilecek karakterde kişiler.

Adam iki eliyle basamakları yoklamaya başlıyor. Bir basamağı daha kontrol edince, oturur vaziyette bir sonrakine iniyor.

Neyse ki çantası çok da uzak olmayan bir yerde eline geliyor. Ön fermuarı açıp çantayı biraz yokladıktan sonra cep telefonunu yanına almadığını fark ediyor. Bir aylık aradan sonra Almanya'dan geri gönderilen mektubu öğleden sonra almış, onu masasının üzerine koyup bir an düşüncelere dalmış, evden çıkması gereken zamanı kaçırmıştı. Aceleyle tıraş olup panik halinde evden çıkarken cep telefonunu yanına alıp almadığını hatırlamıyor.

Çantayı tekrar düşürmemek için omzuna çaprazlamasına astıktan sonra, yine basamakları yoklamaya başlıyor. Sadece toz, toprak ve ne olduğu belirsiz küçük sert parçalar geliyor eline. Arada bir keskin metal parçalar birer ikişer denk gelince onların çevresini dikkatle yokluyor, ancak bunların gözlük camı olduklarından emin olamıyor.

Derin bir denizin altında genişçe yayılmış gibi görünen ışığın merkezine doğru, ellerinden ve kalçasından destek alarak iniyor. Öncelikle şu el fenerini eline alması gerekiyor. Avcuyla basamakları birer birer süpürür gibi yoklarken ağzından bir inilti çıkıyor: "Gözlüğüm... tamamen kırılmış." Sağ elinin kenarından akan kanın sıcak ve keskin acısıyla alt dudağını ısırıyor. Çerçevesi eğilmiş ve her iki camı da kırılmış gözlüğünü, yaralanmamış sol eliyle dikkatle yokluyor.

Ne kadar zaman geçti acaba?

Kimseden ses yok.

Çoktan uçup dışarıya gittiğinden mi yoksa sonunda kafasını çarpıp öldüğünden midir nedir, kuştan da çıt çıkmıyor.

Böylesine sakin bir akşamda iki erkek öğrenci sohbet ediyor olsa, özellikle yüksek lisans öğrencisinin neşeli ve gür sesi belli belirsiz de olsa duyulmaz mı?

İki erkek öğrenci eğer bugün gelmediyse, üçüncü kattaki derslikte sadece o kadın vardır.

Bomboş derslikte sessizce oturduğunu tahmin ettiği kadın aklına geldiği an gözlerini sımsıkı yumuyor.

Yalnızca uzakta yayılan ışık kayboldu ama gözkapaklarının altında, gözlerini açtığı zamankinden farksız bir karanlık titreşiyor.

O kadından yardım istemesi mümkün değil.

Kadın duyamıyor.

Sonunda gözlerini açıyor. Yayılan ışığa doğru inmek için tekrar sol eliyle basamakları yoklayarak takip ediyor. Üst katın koridorundan yükselen ayak seslerini o an duyuyor.

Kırık gözlük camları tekrar ellerine batmasın diye çabalayarak, iki eli ve dizleriyle sürünüyor ve yukarı çıkmaya başlıyor. Kesin o. Az önce duyduğu kadının ayak sesi.

Demir korkuluklara yumruğuyla vuruyor. Ağır çantasını da peş peşe çarpıyor. Duymayan birisi de olsa, belki bu titreşimleri hisseder.

"Yardım edin!"

Bir işe yaramayacağını düşünse de bağırıyor. Nihayet ayak sesleri bodrum katın merdivenlerinden inmeye başlıyor.

Karanlığın içindeki karanlığı, hareket eden karanlığı tanıyamıyor. Sadece yakınlarda ayak seslerinin durduğunu, bir insanın nefes sesinin belli belirsiz geldiğini ve onun yaklaştığını hissedebiliyor. Gözlerini fal taşı gibi açıyor ve başını kaldırıp sesin geldiği yöne bakıyor.

"Beni duyabiliyor musunuz?

Yukarıda başka biri yok mu?

Gözlüğüm kırıldı. Gözlerim çok bozuk.

Kim olursa olsun birini çağırabilir misiniz?

Bir taksiye binmem gerek. Gözlükçü kapanmadan önce.

Beni duyabiliyor musunuz?"

Burnuna hafif elma kokulu banyo sabunu kokusu geliyor. Soğuk iki el, kıvraklıkla onu koltuk altlarından kavrıyor. Ellerin desteğiyle ayağa kalkıyor. Göremediği zeminde ayaklarını bastıra bastıra adım atmaya çalışıyor. Göremediği kişinin kolundan destek alarak adım adım merdivenleri çıkıyor. Her tökezlediğinde onu tutan kollardan güç alıyor.

Karanlığın yoğunluğu değişiyor. Artık merdivenin bittiğini, aydınlık koridora yaklaştıklarını fark edebiliyor. Soluk beyaz ve siyah şeylerin hatları belirginleşiyor. Posta kutusu olduğunu tahmin ettiği gri bir şeyle beyaz duvarları, muhtemelen giriş kapısının dışındaki ezici karanlığı görüyor.

Kadın bir eliyle sırtından, diğer eliyle kolundan destek oluyor. Nemli bir rüzgâr hissediliyor. Ardına kadar açık cam kapının önünde duruyorlar. Kadının solgun yüzünü ve kollarını belli belirsiz ayırt edebiliyor. Kanayan elini rasgele gömleğine siliyor. Elinde sımsıkı tuttuğu kırık ve yamulmuş gözlük ayağının dibine düşüyor. Yoksa aşağıda durmadan beliren kırmızı noktalar onun kanı mı? Eğilip gözlüğü almaya çalışıyor. Eline alamıyor. Kuru, çatlamış dudaklarını dilinin ucuyla ıslatıp kadına dönerek konuşuyor:

"Çantamda cüzdanım var. Taksi için param yeter. İşlek bir caddeye gidersek bir gözlükçü bulabiliriz. Gözlük yaptırmam gerek."

18

Kaldırımda bir çukur gördüğünde kadın, onun kolunu çekiştirip uyarıyor. Her adımında tedirgin olduğu hissedilebiliyor. Nihayet karanlık sokaktan çıkıp çift şeritli yoldaki yaya geçidinin önünde durduklarında kadın etrafına bakınıyor.

Bir eczane bulmaları gerek. Yolun karşısındaki eczanenin kepenkleri inmiş. Pek taksi geçmeyen tenha bir yol. Mesai saatleri geçince dolmuşların sefer aralığı uzar. Çocuğu her hastalandığında yaptığı gibi, soğukkanlılıkla ve hızlıca yapılacakları sıraya koyuyor. Adamın sağ eli derinden yaralanmış, toz topraktan kirlenmiş halde. Kadın kanı durdurmak için bileğine mendil bağlamıştı ama mendilin yarıdan fazlası çoktan kana bulanmış halde. Yarada küçük cam parçaları olabileceğinden doğrudan kanamayı durdurmak ya da doğru düzgün temizlemek mümkün olmadı.

Kadın, yandan onun yüzüne bakıyor. Adamın titreyen bakışlarının odaklandığı asfaltın karanlığını görüyor. Gözlüksüz yüzünü yadırgıyor. Tahmininden daha büyük görünen gözleri, korku ve şaşkınlığı gizlemek için çabalayan ifadesinden dolayı olmalı.

Kadın onun sağlam sol elini kendine doğru çekip tutuyor. Derin bir nefes alıp titreyen işaret parmağının ucuyla onun avcuna tane tane yazıyor.

Önce

hastaneye

gidelim.

19
KARANLIĞIN İÇİNDEKİ SOHBET

"Çalışma masasının üzerindeki abajuru yakar mısınız?

Tavandaki floresan yerine yemek masasının üzerindeki lambayı yakmalıyız.

Parlaklık arttıkça tam tersine görmem daha zor oluyor."

Kadın, ayakkabılarını çıkarıp odaya giriyor. Sade bir şekilde dekore edilmiş bir stüdyo daire. Çok budaklı sedir ağacından bir çalışma masası ve üç raflı bir kitaplığın yanında lacivert yatak örtüsü geçirilmiş tek kişilik demir bir yatak var. Sade kupalar, pilav kâseleri ve küçük tabaklar mutfak tezgâhının üzerindeki rafta baş aşağı dizili halde. Bekârlar için tasarlanmış küçük bir buzdolabı da tezgâhın yanında duruyor.

Kadın, beş altı kitabın yan yana açık durduğu çalışma masasına doğru yürüyor. Büyütecin yanındaki açık kahverengi abajuru yakıyor. Kadın içeri girerken adam elini uzatıp duvarı yokluyor. Az önce kadının açtığı floresanı kapatıyor. Kapattığı düğmenin altındakini açtığında, yemek masasının üzerindeki sarı lamba yanıyor.

"Artık kolumdan tutmasanız da olur.

A, çantamı buraya koymuşsunuz.

Sorun değil. Sadece yerini bilmek benim için yeterli.

Tekrar bir yerlere çarparım ya da takılıp düşerim diye kaygılanmıyorum bu sayede."

Kadın, ayakkabılığın yanına bıraktığı çantayı alıp adama getirecekken geri bırakıyor. Siyah bluzu, gece bile devam eden nemli ve boğucu sıcaktan dolayı ıslak. Bağlamışken açtığı, omzuna kadar inen karışık saçları da terden sırılsıklam. Adamın beyaz gömleğinin sırtı da tamamen ıslak. Göğsüne yer yer sıçramış kan lekeleri artık kuruyup kararmış. Sargılı sağ eli aşağı sarkık duruyor. İkisinin de kolları ve yüzleri terden parlıyor.

"... Pencerenin altındaki sandalyeye oturmak ister misiniz?

Bu odadaki en serin yer orası.

Çok sıcak olduğunda orada uyuduğum da oluyor."

Kadın, biraz büzülünce uzanabileceği büyüklükteki ahşap sandalyeye doğru bir adım atıyor. Oturmak yerine çantasını sandalyeye bırakıyor. Sandalyeye yaslanarak adamın elleriyle yoklamadan ya da düşmeden doğrudan yatağa yürüyüp oturuşunu izliyor. Buraya gelirken de takside böyle doğal bir şekilde yolu tarif etmişti: "Kavşaktan sonra soldaki ilk sokağa girin. *Buy the way* marketten hemen sonraki ev." Taksi durunca alçak sesle kadına sormuştu: "*Buy the way*'den bir sonraki ev, değil mi?" Kadın cevap vermek yerine kolunu tutup hemen bırakmıştı.

"Kusura bakmayın, evde vantilatör yok.

Mümkün olduğunca eşya almamaya çalışıyorum da."

Şimdi böyle uzağa oturunca ne söyleyeceğini bilemiyormuş gibi sıkıntılı bir ifadeyle bir süre yatakta oturuyor. Kadının olduğu tarafa göz ucuyla bakarken sargısız sol elini kaldırarak yemek masasının yanındaki buzdolabını işaret ediyor.

"Bir bardak su ister misiniz?

Buzdolabında birkaç şişe su var.

Yok, yok siz oturun.

Ben getiririm.

Bardağa koyamayacağım gerçi.

Ne diye sağ elimi yaraladıysam...”

Yataktan kalkıp buzdolabına doğru ilerliyor. Sol eliyle buzdolabını açıyor ve en üst rafı yoklayarak iki küçük su şişesini sağ koltuk altına sıkıştırıyor. Kadın yardım etmek için ona yaklaşmaya niyetleniyor.

“Hayır, rahatsız olmayın lütfen.

Bunu tek başıma yapabilirim.”

Çekingen adımlarla kadına doğru yaklaşıyor. Sol eliyle koltuğunun altındaki su şişesini çıkarıp kadına uzatıyor. Ayakta duran kadın şişeyi alıyor.

“Eğer gözlüğüm olsaydı size buzlu kahve yapardım.

Bir kız kardeşim var, abisine pek iltifat etmeyen bir tiptir.

Ama yaptığım buzlu kahvenin lezzetli olduğunu söylemişti.

Şimdi Almanya'da.

Çoksesli koroda şarkı söylüyor.

Soprano partında en uzun performansa o sahip.”

Ellerinde birer şişe suyla adam yatağa, kadınsa uzun sandalyeye oturuyor. Kadın, parke desenli muşambayla kaplı zemini ve üzerine düşen mobilyaların gölgelerini inceliyor. Fildişi rengi duvar kâğıdıyla kaplı tavana doğru başını kaldırınca, ikisinin siyah gölgelerinin şaşırtıcı derecede büyüyüp yayıldığını görüyor.

Deminden beri pencerenin dışından gelen böcek seslerini fark ediyor. Bu sesler, kendi evine giden otobanın yan yollarında duyduğu seslere oldukça benziyor. Tek eksik, binlerce paten sürtünmesini andıran arabaların uğultusu.

♠

"Şimdi çok tuhaf hissediyorum.

Az önce hastaneyken böyle kendi kendime konuşmak hiç tuhaf gelmemişti de...

Bazen avcuma cevabı yazdığınızdan olsa gerek."

Adam havaya doğru sol elini kısa bir an uzatıyor ve hemen dizine götürüyor. Belirsiz boşlukta gözlerini odaklamaya çalışırken kaşlarının arasında derin üç çizgi oluşuyor.

"Acil serviste aynı anda birçok ses duyuluyordu.

Sanırım yaşlı bir kadının yanık yarası vardı.

Dört yaşında, yok belki de üç falan olan bir çocuk hıçkıra hıçkıra ağlıyordu.

Uzaklarda birisi sürekli tuhaf çığlıklar atıyordu.

Doktorun kaba bir sesle hastaya çıkıştığını duydum.

'Böyle bir haltı neden yedin madem,' diyordu."

Kadın kendi gözleriyle gördüğü insanları zihninde canlandırıyor. Saçları ağarmış yaşlı kadının bacağı yanmıştı. Dizine sıcak masaj yaparken masaj aletinin bir anda patladığını söylemişti. Yırtınırcasına ağlayan üç yaşlarındaki çocuğun işaret parmağının bir boğumu kopmuştu. Zavallı annesinin bir gazlı beze sarıp getirdiği fasulye tanesine benzeyen kesik boğumu hemşire eline alarak "Buz torbasına saracağım, büyük bir hastaneye gidin. Hastanemizde dikiş yapan bir doktorumuz yok," dedi. Ağlamaktan bitap düşmüş çocuğunu sırtında taşıyan genç anne gözlerinden akan yaşları bile fark etmeden tüm gücüyle başını salladı. "Anladım. Çabuk. Lütfen çabuk hazırlayın." Bu telaşlı konuşma devam ederken, hastanenin giriş tarafındaki acil müdahale odasında orta yaşlı bir kadının midesi yıkanıyor, kadın da öğürtüyle ağlama arası sesler çıkarıyordu. Boğazına hortum sokulduğu için ne dediği anlaşılmıyordu. Genç bir doktor kadını kaba sözlerle aşağılıyordu. "Böyle bir haltı neden yedin madem?"

"Size böyle yük olmak istemezdim."

Kadın su şişesinin kapağını açıp bir yudum alıyor. Biraz dinlendikten sonra bir yudum daha. Pencereden içeri sızan, bir duyulup bir kesilen sonra tekrar başlayan böcek seslerini dinliyor.

"Size borcumu nasıl öderim bilmiyorum."

Tek başına konuşmaya devam etmekte zorlanıyormuş gibi sıklıkla sessizliğe gömülüyor.

"Gözlerimin bu kadar kötü olduğunu akademidekiler bilmiyor. İlla söylemem gerektiğini de düşünmedim. Bu sebeple kimseye söylemedim. Yani…"

Susuyor. Kadın pencereden karanlığa, elektrik direğine bakıyor. Gergin ve üst üste duran siyah elektrik telleri yüksek voltajlı akımı gizleyerek sessizliğini koruyor. "Kimseye söylemezseniz sevinirim" demek istiyor olmalı. Kadın için anlamsız bir istek olduğunu hemen fark etmiş olmalı.

"Şimdiye kadar, gözlüklerim varken şöyle böyle idare edebildim… Esas sorun ilerisi."

Adamın sessizliğiyle böceklerin vızıltıları arasında ince, tuhaf bir uyumsuzluk olduğunu hissediyor. Uzun bir yayın acemice çekilişini andıran hassas bir vın vın sesi, gecikmeli olarak adamın sesine karışıyor. Ardından tekrar sessizlik araya giriyor ve bu sefer, önce uzun yaydan çıkan o hassas ses yankılanıyor.

"Günün birinde gözlerimin çok bozulacağını ilk anladığımda anneme sordum. O zaman her yer çok mu kararır diye.

Aslında bu soruyu babama sormam daha uygun olurdu.

Zira gözleri bozuk olan babam, dedem ve dedemin babasıydı.

Ne var ki babam ilgisiz bir adamdı.

Annemse hangi soru olursa olsun cevaplamak için gereğinden fazla çabalar, elinden geldiğince cevaplardı."

Kadın derin bir nefes alıyor, sonra usul usul veriyor. Çünkü kendi annesinin son hali aklına geldi. Son on üç saat boyunca annesi gözleri ve ağzı yarı açık, ağır ağır nefes alıp veriyordu. On küsur sene önce Arjantin'e göçen abisi ve yengesi Los Angeles üzerinden Pasifik Okyanusu'nu geçerek gelmek üzereydi. Bilincini kaybetmiş olsa da işitme duyusu hâlâ sağlam olduğundan, bakımevindekiler ne olursa olsun ona bir şeyler anlatmasını tavsiye ettikleri için kadın durmaksızın annesinin kulağına bir şeyler fısıldıyordu.

Neler anlatması gerektiği konusunda ne bir fikri ne de bir seçeneği vardı. Küçükken yaz günlerinde dört kişilik ailenin hep birlikte oynadığı su oyunları... İnce bir tabaka halinde beton kaplanmış geleneksel Kore evlerinin avlusu... Hortumdan ışıldayarak fışkıran su... Hızlı hareketlerle kovaya su dolduran babası ve abisi... Baştan ayağa sırılsıklam, bağırarak oradan oraya koşup oynayan yedi yaşındaki kendisi... Bir anda yirmi yaş gençleşmişçesine, küçük bir erkek çocuk gibi kahkahalarla gülen, kocasıyla çocuklarının başından aşağı su boca eden anne.

Annesinin morarmış dudaklarını ıslak bir havluyla siliyor, kendi kurumuş boğazına su şişesini dikerek sürekli bir şeyler fısıldıyordu. Artık devam edemeyeceğini düşündüğünde daha hızlı fısıldardı. Nihayet kadın sustuğunda olan oldu. Kuş misali bir şey aniden annesinin bedenini terk etti ve artık o beden annesine ait olmaktan çıktı. "Anne, nereye gittin?" Gözlerini kapatmayı bile düşünemeden sersemleyerek ağzında lafı geveledi.

"O zaman annem cevap verdi: 'Öyle değil. Aydınlık olduğu da karanlık olduğu da olur. Sadece her şey çok bulanıklaşacak,' diye.

Ne demek istediğini hemen hemen tahmin edebiliyordum.

Sağ gözümü kapayınca, o zamanlar zaten bozuk olan sol gözüm bulanık görüyordu zira.

Yanımızda bizi dinleyen kız kardeşim bir anda mutfağa koştu.

Dolaptan yarı şeffaf bir poşet bulup çıkararak hemen kendi gözlerine tuttu.

'Tamam, bu koltuk, şu da kitaplık.

Bunun rengi beyaz, şu turuncu.

Bu halde yürüsem bile düşmeyebilirim,' dedi.

Bu durumu ilginç bulan kız kardeşimin elindeki poşeti çekip alan annem ürkütücü gözlerle ona baktı."

Kadın su şişesini dudaklarına götürüp kana kana içiyor. Adamın yüzünden okunan sevecenliği izliyor. İnsanın kan bağı olan kişileri hatırlaması mutluluk veren bir şey. Kasvetli ve sert ifadesi hafiften açılıyor. Belli belirsiz aydınlanıyor.

"Annem korkunç bir kadındı.

Hiç kimsenin görme yetimle alay etmesine izin vermezdi.

Ama o zamanlar kız kardeşim gerçekten şanslıydı.

Babasının yakın geleceğinin ve abisinin uzak geleceğinin, düşündüğü kadar korkunç olmayacağını yeni fark etmişti.

Bunu anlamak için annem fazla ciddiydi."

Kadın kımıldanan adamın anlattıklarını can kulağıyla dinliyor. Onun yüzünde kuş gibi bir şeyin yaşadığını, o sıcak duygunun ona anlık bir acı verdiğini hemen fark ediyor.

"Dinliyor musunuz?"

Sağ eli bandajlı ve sol eliyle yarısı içilmiş bir su şişesini tutan adam kolunu uzatıp şişeyi yatağın yanındaki masaya koyuyor ve aniden huzursuzca soruyor:

"Gitmeniz gerekmiyor mu?

Aileniz endişelenmez mi acaba?"

Bir an için kadının yüzü düşüyor. Çocukluğunda kuzenleriyle oynadığı saklambaç oyunu geliyor aklına çünkü. Aynı sülaleden ailelerin yaşadığı, babasının köyündeki küçük amcasının evindeydiler. Gözlerine bir mendil bağlamışlardı ve yaşça büyük kuzenleri saklanmıştı. Tam yakalayacak gibi olduğu ama yakalayamadığı seslere doğru elini uzatınca, kendilerini tutamayıp kıkırdadıklarını duymuştu. Uzun süre havada elleriyle arandıktan sonra, içini bir ürperti kaplamış ve olduğu yerde durmuştu. Gözlerindeki mendili kendi elleriyle çıkarıp kapıları ardına kadar açık odalara baktığında, herkesin dışarı çıktığını anlamıştı.

"Orada… dinliyor musunuz?"

Adamın yüzündeki parıltı sönüyor. O sıcacık kuş büzülerek saklanıyor. Tereddüt ederek ayaklarını ve dizlerini çekine çekine hareket ettirip ses çıkarıyor. Elindeki su şişesini usulca sandalyeye bırakıyor.

♣

Adam hikâyesinin devamını anlatmaya başlamadan önce duraksıyor. Bakışlarını, göremediği kadının yüzüne sabitliyor.

"Annemi ve kız kardeşimi Almanya'da bırakıp Seul'e gelirken, tek yön bilet aldım. Gidiş-dönüş bilet alıp dönüş tarihini açık bırakmayı bir an düşünmüştüm, ama nedense öyle yapmak istemedim."

Adam dudaklarını ıslatmak için hafifçe dilini çıkarıyor. Cümleler arasında uzun aralar veriyor. Karanlıkta yazı yazarken, yukarıdaki cümleyle alttakinin birbirine geçmemesi için mümkün olduğunca geniş bir aralık bırakması gibi.

"Uçak doğuya, hep doğuya doğru... Batı rüzgârlarının üstünde uçuyordu. Camdan her baktığımda, devasa bir okun üzerinde uçuyormuşum gibi hissediyordum. Hedefe değil, hedefin dışına doğru kuvvetle fırlatılmış gibi."

Kadın usulca ve dikkatle ayaklarını oynatarak yeniden ses çıkarıyor.

"Yolcuların yarısı Alman, diğer yarısı Koreliydi. Uçaktaki tek Koreli kabin memuru kadın bana Korece, 'İçecek ne alırsınız?' diye sordu. Gülümsedim. Yani, o uçakta artık bakışları üzerine çeken biri olmaktan çıkmıştım."

Adam su şişesini ağzına götürüp dudaklarını ıslatıyor.

"Frankfurt'ta bir yabancı olarak yaşamaya başladığımız ilk zamanlarda, annem hep endişe içindeydi. Yabancı olduğum için, üstelik insanların hemen gözüne çarpan bir Asyalı olduğum için, hata yapmamaya daha fazla özen göstermem gerektiği düşüncesi, annemin en büyük takıntısıydı. Hafta sonları dışarı çıktığımızdaysa incir çekirdeğini doldurmayacak meseleler yüzünden babamla tartışırdı:

'Olacak iş mi senin bu yaptığın, düşünmeden arabayı otoparktan çıkarıyorsun, ya çıkışta ödeme makinesi yoksa ne yapacağız? Uzaksa ne olmuş yani, ikinci katta ödeme makinesi olduğunu sen de biliyorsun. Geri dönüp önce ödemeyi yapalım, sonra gidelim. Biraz olsun beni dinle. Biz yabancıyız ya. İnsanlar bilerek ödeme yapmadığımızı düşünmezler mi? Yani, demek istediğim ya çıkışta gerçekten ödeme makinesi yoksa? Bu hiç de iyi olmaz. Neden riske atıyorsun ki?'"

Adamın dudaklarında acı bir gülümseme beliriyor.

"'Sıkıntı değil diyorum, bir şey olmaz endişelenme' diye sürekli kaba bir tonda karşılık veren babamın takındığı tavra bakılırsa, annemin endişelerinin biraz abartılı geldiği anlar da oluyordu. Fakat zaman geçtikçe genelde annemin haklı çıktığını anladım. Çünkü gözle görülmeyen haksız muameleler, ara sıra gerçekten yaşanıyordu. Benim ve kardeşimin okuduğu okulda da. Babamın muhatap olduğu Alman şirketleri ve resmi kurumlarda da. Irkçılıktan başka türlü adlandırılamayacak, o donuk, buz gibi bir nefret ve aşağılamanın saklı olduğu o bakışları hâlâ hatırlıyorum."

Ne zaman sessizlik uzasa kadın hafifçe hareket ederek orada olduğunu belli ediyor. Ahşap sandalyenin kolçaklarını anlamsızca sıvazlıyor, saçlarını geriye atıyor. Ardından hareket etmeyi bırakıyor.

"Annem her zaman bitkin olurdu. Babamın yerine geçimimizi sağlamak için Mainz'e taşındıktan ve Asya gıda ürünleri satan bir dükkân açtıktan sonra, evde gülen yüzünü görmek zorlaşmıştı. Annem her şeyden yakınmayı alışkanlık haline getirmişti.

"Nasıl iştir bu ya, lanet olası bu ülkede tanımadığım insanlarla göz göze geldiğinde sürekli gülümsemek zorundasın. Artık gülmeden yaşamak istiyorum. Öylece, canımın istediği gibi yaşamak istiyorum. Evde bile gülmeye niyetim yok. Gülmüyorsam kızgın olduğumdan değildir ha, yanlış anlamayın."

Kadın hafifçe kımıldadığında, tavana yansıyan gölgesi çok daha büyük şekilde hareket ediyor. Yüzü ve elleri hafifçe titrese bile gölgesi dans eder gibi salınıyor.

"Ergenlik dönemimde, bana en zor gelen şey de gülümsemekti. Neşeli ve kendinden emin rolü yapmak, her an gülümseyip selam vermeye hazır olmak bana zor geliyordu. Bazen gülümsemek ve selam vermek bir tür angarya gibi geliyordu. İnsanların formalite icabı gülümsemelerine bir an bile katlanamayacakmışım gibi hissettiğim günler oluyordu. Böyle anlarda, dövüş sanatlarında usta bir Asyalı serseri gibi görünmeyi bile göze alarak şapkamı başıma geçirir, ellerim ceplerimde mümkün olduğunca suratsız bir ifade takınarak yürürdüm."

Tavanda yayılarak büyümüş iki gölge aniden hareketsiz kalıyor. Sessizce, siyah sınırlarını sıkı sıkıya koruyarak ayrı duruyorlar.

"Nihayet uçak İncheon Havaalanı'na vardı ve uzun süre boyunca ustalaştığım ve artık bana aitmiş gibi gelen bir gülümsemeyle uçaktan indim. Birinin yanından geçerken Almanca 'Affedersiniz', demek istedim. Biriyle göz göze geldiğimde gülümsemek istedim. Gelin görün ki pasaport kontrol noktasından çıktığım anda kavramıştım, ailelerini ya da arkadaşlarını karşılamaya gelen Korelilerin arasından omuzlarımı sıyırarak ilerlerken, artık kimsenin gözüne çarpmayacağım gerçeğini. Artık birbirini tanımayanların ne birbirine gülümsediği ne de selam verdiği bir kültüre sağ salim döndüğümü.

Bilemiyordum. Bu gerçeğin o zaman neden bana öylesine derin bir yalnızlık hissi verdiğini."

Kadın, dışarıdan gelen böcek seslerinin odanın sessizliğine iğne gibi battığını hissediyor. Bir nakış kasnağındaki kumaş gibi gerilmiş sessizlikte, sayısız küçük delik açıyor.

Gölgeler hâlâ kımıldamıyor. Kadın ses çıkarmadan nefes alıp veriyor. Yüzü donmuş gibi solgun.

"Şimdi düşününce, Almanya'ya gittiğimiz yılın kışında, babam olmadan üçümüzün trene binip İtalya'ya kısa bir seyahate çıktığımızı hatırlıyorum."

Adamın monoloğu azar azar hızlanıyor. Karanlıkta aceleyle yazarken bozulan bir yazı gibi. Bir satırın üzerine başka bir satır, mürekkep üzerine mürekkep, hatıra üzerine başka bir hatıra biniyor.

"Hiçbir şeyi doğru dürüst hatırlamıyorum. İtalya'nın hiçbir şeyini; sanat eserleri, katedraller ya da yemek gibi şeyler. Fakat oradaki o yeraltı mezarları, sadece onları asla unutamıyorum."

"Orası ölülerin şehriydi.

Her geçidin sonunda üç yol ayrımı çıkıyordu.

Yolunu kaybedip açlıktan ölen turistlerin bile olduğu söylentisi inanılır gelmişti.

Taş tonozlu odaların duvarları, büyüklü küçüklü çekmece biçiminde mezarlarla doluydu. Yerel bir seyahat acentesinin Koreli kadın rehberi bize sordu:

'Neden tabutlarda kemikler yok, biliyor musunuz?'

Kız kardeşim yüksek sesle cevap verdi:

'Müzeye götürülmüş olmasınlar?'

Rehber, yanlış olduğunu söyledi.

'Birisi mi çaldı ki?'

Başka bir turist sordu ve rehber tekrar hayır anlamında başını salladı.

'Hepsi burada,' dedi rehber gururla.

'Önünüzdeki tabutlardaki toprak analiz edildiğinde kalsiyum ve fosfor içerdiği görülüyor. Binlerce yıl geçince, insan kemikleri çürüyerek böyle toprak oluyor.'"

Kadın yüzünü pencereden dışarıya çeviriyor. Karanlıkta elektrik telleri karışık bir düğüm gibi dolanmış halde. Yüksek gerilim akımlarıyla sesleri, görüntüleri, sayısız yanıp sönen harfleri taşırken kayıtsızlıkla sessizliğe gömülmüş halde.

"Kusacak gibi olmuştum.

Gördüğüm topraktan korkmuştum zira.

O toprak bedenime bulaşacakmış gibi gelmişti.

Fakat kaçamamıştım.

Çok karanlıktı.

Önümde tıpatıp aynı görünen, uçsuz bucaksız üç yol ayrımı uzanıyordu."

"Kusacak gibi olmuştum."

Kadın dilinden ve boğazından daha derin bir yerden mırıldanıyor.

Aylar önce, birkaç gün boyunca her iki saatte bir kusmuştu. Davayı kaybedip çocuğunu kaybettikten hemen sonraydı. Çocuğu bir hafta sonra eve getirdiğinde, çocuğun en sevdiği omletli pilavı güçlükle yapıp yedirmiş, kendisiyse akşam yalnızca lahana yemişti. Lahanayı *blender*'da çekip hem çiğ olarak hem de tencerede buğulama yapıp yemişti. Bunun dışında midesi hiçbir şeyi kaldıramıyordu.

Çocuk, "Anne, böyle giderse tavşan olacaksın," demişti. "Tüm vücudun yeşile dönüşecek." Kadın, çocukla birlikte gülüp tekrar banyoya giderek kusmuştu. Midesinden yükselen yakıcı asitle dolu ağzını çalkalayıp çıkınca, çocuğa muzipçe sormuştu: "Peki, neden tavşanlar yeşil olmuyor sence? Sürekli ot yedikleri halde." Çocuk cevap verdi: "Şey, çünkü tavşanlar havuç da yiyor." Kadın, mide bulantısını bastırarak gülümsedi.

♠

"Böyle tek ben konuşunca, tuhaf bir şekilde o zamanlar aklıma geliyor.

Binlerce bedenin kemiklerine varıncaya kadar çürüyüp yok olduğu devasa bir mezarın içinde, öylesine sıcak bedenlere sahip bizlerin bir arada olması."

Mürekkep üzerine mürekkep, hatıra üzerine hatıra, kan lekesi üzerine kan lekesi üst üste biniyor. Sükûnet üzerine sükûnet, tebessüm üzerine tebessüm eziliyor.

♠

"Yorgunum."

Adam kısa bir an sessiz kalıyor.

"Şimdi uyusam günlerce uyanmayacakmışım gibi geliyor."

Dişlerini sıkarak bir şeyleri yokluyor. Yokladığı yeri tekrar yokluyor. Tıpkı kadının sessizliğin buzunu yoklarken yaptığı gibi. Bir katman buz eridiğinde üç yol ayrımı belirecek. Yeniden bir katman buzun altında üç yol ayrımı daha belirecek ve daha kalın bir buz tabakasının altında çatallanan yollar... Böyle ebediyen ayrılıp duracak.

"Bir keresinde gerçekten de birkaç gün boyunca hiç uyanmadığım olmuştu.

Birisi yüzüme bir tahta parçasıyla vurmuştu.

Kimliği belirsiz bir saldırgan değildi.

İyi tanıdığım biriydi.

Gözlüğüm kırılınca yaralanmıştım.

O yara izi hâlâ duruyor."

Kadının bakışları, onun göz kenarından dudağına kadar uzanan soluk beyaz çizgiye takılıyor. Gece öylesine derinleşiyor ki, bir kesilip bir devam eden, bazen hiç kesilmeyecekmiş gibi gelen böcek seslerinin yakında susacağını anlıyor. Sıcaktan bunalan karanlık evlerin ardına kadar açık sayısız pencereyi ve sık dokunmuş sineklikleri hayalet gibi dalgalandırıp dolaşan tek şey, yalnızca şu kara karanlık.

"Bilincimi tamamen kaybetmişim ve gözlerimi açtığımda hastanedeydim.

Üç kişilik bir odadaydım ama şans eseri yanımdaki yataklar boştu.

Dışarıdaki karanlığa pencereden bakarak düşünmüştüm.

Şimdi hava aydınlanıyor mu, yoksa gece mi oluyor?"

O an, eski bir sözcüğün yarısı kesilmiş hatırası aniden zihnine düşüyor ve kadın onu yakalamaya çalışıyor. Uzun zaman önce, günbatımından hemen sonra ve gündoğumundan hemen önceki alacakaranlığın "ho (호 呼)" Hanca ideogramıyla başlayan sözcükle tanımlandığı söylenirdi. Uzaklardan gelen birini tanıyamadığınızda kim olduğunu yüksek sesle sormayı ima eden bir sözcüktü. Köpek ve kurt arasındaki zaman denilen, Batılı bir ifadeyle benzer bir kökene sahip "ho (호)" ile başlayan ama bir türlü tamamlayamadığı o sözcük, boğazından daha derin bir yerde dönüp duruyor.

"Tam o sırada, odaya giren kız kardeşim ve annem beni görünce çığlık attılar.

Kardeşim koşarak hemşireyi çağırdı.

Günün yorgunluğu her halinden okunan, saçları arapsaçına dönmüş stajyer bana vaziyetimi açıkladı.

Loş mavilik, işte o sıralar tamamen karanlığa dönüşmüştü."

Kadın küçükken, bir keresinde, uzun bir öğle uykusundan uyanıp kapıya doğru emekleyerek gitmişti. Bu kapı, Kore tarzı karanlık bir mutfağa açılıyordu. Poposunu basamaklara koya koya mutfağın zeminine indiğinde, annesinin gazocağı önünde çömelmiş, siyah fasulye kaynattığını gördü. Belirsiz bir kafa karışıklığıyla annesine sordu. "Anne, yarın mı oldu?" Annesi kahkahayı patlattı. Eski tarz mutfağın her köşesine sinmiş karanlık, geceye aitti. Şafak vaktinden daha yoğun, daha derin ve çok daha uzun sürecek bir karanlıktı. İşte bu yüzden uyku sersemliğiyle "yarın mı" diye sormuştu.

"Üç gün boyunca bilinçsiz kaldığımı doktor söylemişti.

Dışarıdan bakıldığında aldığım yara ciddi görünmediği için kimse nedenini bilmiyordu."

Adamın yüzünde ilk kez gördüğü için yadırgadığı hüzünlü ve soluk bir tebessüm beliriyor.

"Rüyasız, o kadar derin uyumam o zaman ilk ve sondu."

Tebessüm, kuru bir tahta üzerine suyun yayılması gibi, yüzünün tamamına sessizce, yayılıyor.

♠

"Zaman daha da geçince..."

Adamın sesi daha da alçalıyor.

"Sanırım görebileceğim tek yer rüyalar olacak."

Bir noktadan sonra kiminle konuştuğunu unutmuş gibi. Burada olmayan biriyle konuşuyor gibi.

♠

Gül.

Bir karpuz ortadan kesildiğinde, tamamen açılan bir çiçek gibi ortaya çıkan kırmızı.

Fener şenliği gecesi.

Kar taneleri.

Eski kız arkadaşımın yüzü.

O zaman rüyadan uyanıp gözlerimi açmak yerine,

rüyadan uyanınca dünya kapanacaktır değil mi?

Kadın yorgun hissederek, uzun süre gözlerini kapatıp sonra geri açıyor. Şu an burada olduğu gerçeği hiç inandırıcı gelmiyor. Gözlerini tekrar kapatınca bilinci bir anda bu gerçeklikten sıyrılıp uzaklara savrulmaya çalışıyor. Şimdi gözlerini açarsa, belki de kendi evinin salonundaki tavan tüm görüş alanını kaplayacak. Her zamanki gibi salondaki kanepede büzülüp uyuyakaldı belki de.

Birkaç saat önce, kimsenin olmadığı sınıfta dersin başlamasını beklediği o otuz dakika boyunca da benzer bir karmaşa hissetmişti. Her zaman sınıfa önce gelip öğrencileri bekleyen Yunanca eğitmeni, nedense sınıfa daha gelmemişti. Sütunun arkasındaki yeri seven orta yaşlı adam da, karanlık duvara yaslanıp dişlerinin arasından keskin kelimeler fısıldayan iri yapılı yüksek lisans öğrencisi de, ona yönelerek merak dolu gözlerini kırpıştıran sivilceli felsefe öğrencisi de gelmemişti.

Hem tahta hem kürsü hem de sıralar bomboştu. İki vantilatör birbirlerini hiçe sayarmışçasına hafif eğik bir açıyla karşı duvarlara yönelmiş hareketsiz duruyordu. Teneffüslerde öğrencilerin canlılıkla ayakta durduğu ya da oturduğu, sohbet ettiği ya da telefonla birileriyle görüştüğü boş sıralar, tuhaf bir acı hissi vererek gözlerine saplanıyordu. Gözlerini sımsıkı kapatmıştı, kendi zamanı, diğer herkesin zamanıyla çelişiyormuş gibi gelmişti. Tıpkı kayaların tabakaları gibi keskin bir şekilde birbirinden ayrılmıştı ve artık kendi zamanı, onların zamanı ile asla örtüşemeyecek gibiydi. Uzaktan, belli belirsiz duyulan araçların uğultusuna dalgın dalgın kulak verdiği bir an, ders kitabını, defterini ve kumaştan kalemliğini çantasına geri tıkıştırmıştı. Sessizliğe bürünmüş sınıfın ışığını açık bırakarak, normalden daha yüksek çıkan ayak sesleriyle karanlık koridora doğru yürümüştü.

♠

"Beni, duyuyor musunuz?"

Nemden ıslanmış bir hoparlörden çıkıyormuş gibi adamın sesi. Kulağa farklı geliyor.

Bu ses, Yunanca eğitmeninin sesi mi? Gözleri kapalı, şüpheye düşüyor. Aylarca o kasvetli sınıfta dinlediği o ses mi gerçekten? Sesi hep böyle zayıf ve titrek miydi?

"Bazen tuhaf gelmiyor mu size?

Vücudumuzda gözkapakları ve dudaklarımızın olması.

Bunların bazen dışarıdan kapanması ya da içeriden sıkıca kilitlenebilmesi."

Ağırlaşan gözkapaklarını güçlükle kaldırarak, anlık bir rüyaya dalar gibi güneşin batmakta olduğu eski evlerinin önündeki sokağı hatırlıyor. Genç annesiyle birlikte yakınlarda oturan anneannesine gitmek için yola çıkmak üzereydiler. Annesinin "Pazara uğrayıp biraz mandalina alalım," dediğini duymuştu. Kendi başına montunun fermuarını çekemediği için telaşlanan küçük kızın gözlerinin önünde birdenbire turuncu mandalinalar belirmişti. Bunların gerçek mandalina olmadığını biliyordu ama gerçekte görmediği halde bu denli belirgin görmesinin tuhaflığı karşısında epey şaşırmıştı. Hemen zihnini başka yöne çevirip bir ağaç hayal etse de durum yine aynıydı. Sanki bir sihir gibiydi. Gözlerinin gördüğü manzara yalnızca havanın karardığı bir sokak ve sonsuzmuş gibi uzayıp giden beton bahçe duvarlarıydı ama o kesinlikle bir ağaç görüyordu. Henüz yeni yeni öğrendiği harflerin şekilleri de o görüntüyle birleşmişti. Ağaç. Sesli bir şekilde kelimeyi söyledi ve kendi kendine güldü. Ağaç. Ağaç.

"Söylediklerim, kulağa tuhaf mı geliyor?"

Gözlerini açıyor ve adamın yüzüne bakıyor. Eski yara izini ve az önce eliyle sertçe ovduğu için yeni beliren toz lekesini görüyor. Sonra tekrar gözlerini kapatıyor. Adamın az önce gördüğü çocuksu yüzü olduğu gibi, çocukluk günlerindeki sihir gibi zihninde canlanıyor.

"Affedersiniz, eğer sakıncası yoksa bir şey sormak istiyorum. Gerçekten, yanlış anlamazsanız..."

Adamın sesi alçalarak devam ediyor:

"Yani, siz başından beri... doğuştan mı dilsizsiniz?"

Tavan, desensiz soluk krem rengi duvar kâğıdıyla kaplı, kitaplıktaki kitaplar hareketsiz duruyor. Böceklerin sesi kesildi. Loş odadaki sessizliği bozan tek şey, araçların çok uzaktan gelen uğultusu. Açık pencereden içeriye rüzgâr giriyor. Islak bir havlu misali nemli bir rüzgâr. Terin soğuyup yapış yapış hale getirdiği yüzünü soğuk bir havluyla silmek istediğini düşünüyor. Adamın yüzünde yeni oluşan lekeyi de hızla silip atmak istiyor.

"Siz... ne iş yapıyorsunuz?"

Adamın boşluğu yoklayan gözlerine, gergin dudaklarına, gece ilerledikçe ince ve mavimsi sakallarının belirmeye başladığı çene ve yanaklarına delici gözlerle bakıyor. Sanki o yüzü oluşturan çizgiler ve benler arasında çözülmesi gereken bir şifre ya da hiyeroglif benzeri bir şey gizlenmiş gibi. O yüzü basit çizgilerle kâğıda aktarmanın, birkaç sakin sözü ortaya çıkaracağına inanıyor gibi.

Lise ikiye geçtiği ilkbaharın başlarında, "Hiyeroglif" başlığıyla birkaç şiir yazmışlığı vardı. İçinde sade bir mizah barındırmasını umarak yazmıştı. Küçük "a" harfi, başı ve omuzları öne eğilmiş, yorgun bir insan. Hanca "光" ideogramı, yerin altına kök salarken, yerin üstünde ışığa doğru serpilen bir fidan. "Uuuu" diye bağıran ses, pencere pervazında yan yana biriken su damlalarının hep birden yuvarlanarak düşüşü, kirpiklerin altında yayılarak dökülen gözyaşlarının devinimi. Kimseye gösteremediği, berrak, sakin ve saf şiirlerdi bunlar.

Ne var ki zamanla, yazdığı şiirler artık böyle olmaktan çıkmıştı. Gittikçe sözcükleri ha kesildi ha kesilecekmiş gibi titremeye, ya sonunda pare pare ayrılmaya yahut da kopmuş bir topak et parçası gibi ezilip çürümeye başlamıştı.

"Yunancayı... neden öğreniyorsunuz?"

Dalgın dalgın, kendi sol bileğine bakıyor. Terden ıslanan bileğine taktığı koyu mor saç tokasının altında, çok eski yarasının izi de nemli halde. Hatırlamayacak. Hatırlaması gerekirse, illaki hatırlamak zorunda kalırsa, hiçbir şey hissetmeyecek.

Sonunda hiçbir duygu olmaksızın, sadece uzak bir tanıdığı hatırlıyormuş gibi o günkü halini hatırlıyor. *Delirmişsin.* Henüz kendine geldiği sırada karanlıkta birisi böyle çıkışmıştı. *Şimdiye kadar deli bir kadına çocuğu emanet ettiğimize inanamıyorum.* Bir karış dil ve boğazdan çıkan o sözler, o gevşek sözler, kayarak çizip saplanan o sözler, metal kokan o sözler onun ağzını tıka basa doldurmuştu. İşte o sözler, henüz parçalanmış jilet gibi dışarı saçılmadan önce, tam ağzından çıkmak üzereyken, önce kendisine saplanmıştı.

"O gün, deftere Yunanca yazdığınız şey neydi?"

Aşınmış kocaman bir dişlinin bir kısmına dokunurcasına parmaklarını dudaklarında gezdiriyor. Uzun zaman önce işlevini yitirmiş bir organı hatırlarcasına sözlerin titreyerek yükseldiği o geçidi zihninde yokluyor.

Söz yitimi yaşamasının belli bir deneyimden kaynaklanmadığını kendisi de biliyor.

Sayılamayacak kadar çok dil ve kalem yüzünden binlerce yıldır lime lime olmuş bir dil. Kendi dili ve kalemiyle ömrü boyunca lime lime ettiği bir dil. Her yeni cümleye başlamaya kalkıştığında, yaşlanan yüreğini hissederdi. Parça parça yamalanmış, kupkuru olmuş, ifadesiz bir yürek. Böyle oldukça da kelimeleri avcunun içinde daha sıkı tutmaya çalışırdı. Bir an parmakları gevşedi. Körleşmiş parçalar ayaklarının üzerine düştü. Gergin, birbirlerine kenetlenerek dönen dişliler durdu. Israrla dönmekten aşınmış bir yer, vücuttan koparılan bir et parçası gibi, kaşıklanmış jöle gibi çökerek ayrıldı.

♠

Uzlaşmak mümkün değildi.

Uzlaşının mümkün olmadığı şeyler her yerde vardı.

Aydınlık bir bahar gününde, parktaki bankta kat kat gazete kâğıdının altında bulunan bir evsizin cesedinin içinde. Geç saatlerde metroda, terden ıslanarak yapış yapış olmuş omuzları birbirine değen, her biri farklı yöne bakan insanların bulanık gözlerinin içinde. Bardaktan boşanırcasına yağan yağmurun altındaki anayolda, sürekli kırmızı fren farlarının yandığı araba kuyruğunun içinde. Binlerce paten bıçağı tarafından çizilerek tahrip edilen günlerin her birinin içinde. O denli kolay kırılıp parçalanan bedenlerin içinde. Bütün her şeyi unutmak için karşılıklı yapılan, kopuk kopuk ilerleyen aptalca şakaların içinde. Hiçbir şeyi unutmamak için bastıra bastıra yazılıp çizilen sözler ve o sözlerin içinde fark edilmeyen bir andan itibaren kabaran köpüklerin kötü kokularının içinde.

Bazı şafak vakitlerinde ya da gece geç saatlerde, uzun süre yalnız kaldığında ya da hastalıktan yeni kurtulduğunda, inanılmaz derecede berrak ve sakin sözlerin aniden bir lehçe gibi ağzından dökülüverdiği de olurdu ancak, bunun bir uzlaşının kanıtı olduğuna inanmak mümkün değildi.

Ağır bir sarhoşluğa benzeyen yorgunluğu bilincini bulanıklaştırıyor.

Adamın sesi, tıpkı bir rüya gibi, çok uzak bir yerden bölük pörçük yankılanarak geliyor.

"Sizi anlayabilecekmişim gibi hissettiğim anlar oluyor.

Artık hiçbir şey söylemek istemediğim anlar oluyor."

Adamın yüzünü incelemeye çalışıyor. Odağını yitirmiş gözlerine, tam gözlerinin içine bakmaya çalışıyor.

Koyu yeşil karatahtaya beyaz tebeşirle cümleler yazarken korku hissediyorum.

Az önce kendi yazdığım yazı olsa da gözlerimden on santimetre bile uzaklaşınca görünmez oluyor.

Ezberlediğim şekilde sesli okurken korku hissediyorum.

Dilimin, dişlerimin ve boğazımın sakince telaffuz ettiği tüm seslerden korkuyorum.

Sesimin yayıldığı boşluğun sessizliğinden korkuyorum.

Bir kez yayıldıktan sonra geri alınamayan sözlerden, benden daha fazlasını bilen kelimelerden korkuyorum.

Şu an kulağına gelen sözlerin kime ait olduğunu bilemediğini düşünüyor. Aşırı yorgunluk içinde, aşırı karanlık ve durağan bu odada, her şeyin bir yanılsama olduğunu duyumsuyor. Herhangi bir söz duyamamıştı. Bir başkasının iç dünyasına hiç bakmamıştı.

Sisin içerisinde ilerliyormuşum hissine kapıldığım anlar oluyor.

O şehirde kışları sıklıkla çöken, şafakta gölden şehre doğru yayılan sisin akşama kadar dağılmadığı günler gibi. Duvarlarına resmedilmiş fresklerin sisin altında kaybolarak izlerinin bile görünmediği gri binaların arasında, nemli taş duvarlara iyice yaklaşıp yavaşça yürümek zorunda kaldığım o geceler gibi. Hiç kimsenin bisiklete binmediği geceler, insandan eser olmaksızın yalnızca ağır ayak seslerimin yankılandığı geceler, ne kadar ilerlesem de soğuk evime asla varamayacakmışım gibi gelen o geceler gibi.

♠

Ne kadar zaman geçmiş olursa olsun, kadının asla çözemeyeceği bir şey vardı.

O gün, o kavrulan asfaltın üzerine dümdüz yapışmış olan beyaz köpek, neden onu ısırmıştı?

Halbuki onun son ânıydı.

Neden bu kadar şiddetle, tüm gücüyle etini dişleriyle parçalamıştı?

Neden bu kadar aptalca, sonuna kadar ona sarılmaya çalışmıştı?

♠

"Söylediklerimi duyabiliyor musunuz?"

Kadın, adamın söylediklerini açık ve net duyuyor. Bunun ne kadar zor bir şey olduğunu adam bilmiyor. Kadın, ona bakıyor tüm dikkatiyle. Bunun da yine ne kadar zor olduğunu bilmiyor. Masadan süzülen ışığın aydınlattığı, adamın neredeyse yarısı gölgede kalmış yüzüne, tüm gücünü toplayarak bakıyor.

"Orada mısınız, beni dinliyor musunuz?"

Adamın yerinden doğrulduğunu görüyor. Üzerinde, yer yer kan damlalarının kuruyarak koyu kahverengiye dönüştüğü beyaz gömleğiyle temkinli adımlarla kendisine doğru yaklaştığını görüyor. Onun kendisinden daha yorgun olduğunu, attığı her adımda sendelememek için çaba harcadığını görüyor.

♠

"Kusura bakmayın.

İlk defa böyle tek başıma uzun süre konuşuyorum."

Adam yorgunluğunu zar zor yüzünün arkasına gizleyerek konuşuyor. Hafifçe eğilip sol elini kadına doğru uzatıyor. Kadın ise, gözlüksüz gözlerinin içine bakıyor. Karanlıkla ışığı ayırt edebilen, yüz hatlarına baktığından emin olan gözler.

"Buraya cevabınızı yazabilir misiniz?"

Artık boşluğu yoklamayan gözlere, uzun süre tek başına konuşmuş birinin gözlerine, bir kez bile cevap alamamış adamın gözlerine bakıyor.

"Şimdi bir taksi çağıracak mısınız?"

Kadın, dilinin ucuyla alt dudağını ıslatıyor. Dudaklarını açıp sonra sıkıca kapatıyor. Adamın uzattığı eli sol elinin avcuyla alttan destekliyor. Tereddüt eden sağ elinin işaret parmağıyla adamın avcuna yazıyor.

♠

Hayır.

İncecik titreyen çizgiler ve noktalar, ikisinin tenini aynı anda çizip kayboluyor. Ne bir ses var ne de bir görüntü. Ne dudaklar ne gözler. Titreme de sıcaklık da kısa sürede yok oluyor. Hiçbir iz bırakmıyor.

İlk otobüse

binip giderim.

20
GÜNEŞ LEKESİ

Şiddetli yağmurun sesiyle gözlerini açıyor. Hava karanlık. Pencere açık. Yağmur daha fazla içeri girmeden pencereyi kapatmalı. Alışkanlıkla gözlüğünü aramak için yatağın yanındaki masayı yoklarken, dün gece olanları hatırlıyor. Hâlâ sızlayan sağ elinde şiddetli bir acı hissediyor.

Yatağından çıplak ayakla iniyor. Kollarıyla boşluğu yoklayarak, soğuk yağmur ve rüzgârın içeri girdiği pencereye doğru ilerliyor. Karanlık olanla daha karanlık olanı ayırt etmek için çaba sarf ediyor. Kollarını önce yanlara sonra da öne doğru uzatıyor. Duvar hâlâ uzakta. Hem radyatör hem de pencerenin altındaki uzun sandalye de uzakta. Sonunda yüzü ve kolları nemi hissediyor. İyice uzattığı eline su damlacıkları geliyor. Yoklaya yoklaya pencere çerçevesinin alüminyum kolunu buluyor. Pencereyi kapatırken ses çıkıyor. Hem elinin üstü hem avcu sırılsıklam oluyor. Şiddetle yağan yağmurun sesini dinliyor, birden bir adım geri çekiliyor.

Kadının sandalyede olmadığını fark etmesi uzun sürmüyor. Ne bir kıpırdanma ne de sıcak bir nefesten eser var. *Otobüs sefer saati oldu mu ki*, diye mırıldanıyor. Kendi sesi, sanki başkasına aitmiş gibi kulağına kuru ve yavan geliyor.

Uzun sandalyeye oturuyor. İki eliyle sandalyeyi yoklayarak, kadının pike ve battaniyeyi düzgünce katlayıp gittiğini anlıyor. Dün gece, çekmeceden çıkarıp verdiği şeyler bunlar. Katlanmış pikenin üzerine uzanıyor. Belli belirsiz bir ter kokusu, çocukların kullandığı banyo sabununa benzeyen elma kokusu burnuna geliyor. İki elini havaya kaldırıyor. Beyazımsı olan, sağ elindeki bandaj; daha az beyazımsı olansa sol eli. Sol avcunu gıdıklayarak geçip giden sıcak çizgileri ve harfleri, ilk önce teni hatırlıyor.

Hafifçe titreyen, tereddüt dolu el. Fazlasıyla dipten kesilmiş tırnaklarıyla onun tenine en ufak bir acı vermeyen parmaklar. Usul usul beliren heceler. İğnesiz bir raptiyeyi andıran nokta. Usul usul açığa çıkan tek bir söz.

Belki tahmin bile edemezdiniz, ama bazen sizinle uzun sohbetler ettiğimi hayal ederdim.

Ben konuşmaya başlayınca sizin can kulağıyla dinlediğinizi; siz bir şey söyleyince de can kulağıyla sizi dinlediğimi hayal ederdim.

Bomboş sınıfta, birlikte Yunanca dersinin başlamasını beklerken, sanki gerçekten sizinle sohbet ettiğimizi hissettiğim anlar olurdu.

Ne var ki başımı kaldırınca, siz yarısı, hatta üçte iki kadarı, hayır belki daha da fazlası kırılmış bir insan gibi, bir şeyden güçlükle kurtularak hayatta kalmış dilsiz bir varlık misali, bir tür enkaz gibi oradaydınız. Sizin o haliniz karşısında sanki korkmuştum. O korkuyu yenip size yaklaşarak yakındaki sandalyeye oturduğumda, siz de birden kalkıp yakın bir mesafeye gelerek oturacak gibiydiniz.

Bir gece, korkutucu derecedeki bu suskunluğunuz aklıma takıldı. Işıkla dolup taşarak dalgalanıyormuş gibi görünen R.'ye ait o suskunluktan tamamen farklı bir suskunluktu bu. Buzun altından buza vururken sonunda donup kalan el misali bir suskunluk. Kanlar içindeki bir bedenin üzerinde birikmiş kar yığınına benzeyen bir suskunluk. Bir an gelip bunun gerçek bir ölüme dönüşmesinden korktum. Gerçekten taş gibi sertleşeceğinden, gerçekten buz gibi soğuyacağından endişe ettim.

Karanlığa doğru gözlerini iyice açıyor. Hiçbir şey göremiyor. Kabullenerek yeniden gözlerini kapatıyor ve gözkapaklarının ardındaki karanlığı seyrediyor. O karanlığın içine itiraz edilemez bir güçle dolan şafak vaktinin mahmurluğuna bedenini bırakıyor. Kulaklarına dolan yağmur sesini dinliyor.

Eğer karlar gökyüzünden yağan bir suskunluksa, belki de yağmur, gökyüzünden düşen uçsuz bucaksız uzun cümlelerdir.

Kelimeler kaldırım taşlarına, beton binaların çatılarına, siyah su birikintilerine düşer. Havaya sıçrar.

Siyah yağmur damlaları tarafından sarılmış anadile ait harfler.

Yuvarlak ya da düz çizgiler, kısa süreliğine duraklayan noktalar.

Bedeni bükülmüş virgüller ve soru işaretleri.

Uykuya daldığı an görmeye başladığı, pamuk ipliğine bağlıymışçasına dağılan bir rüyada iki kişi var, yaşlı bir adam ve genç bir kadın. Yaşlılığın getirdiği hafif titreyen alçak bir sesle, kır saçlı adam, ellerini bağışlanmayı diler gibi göğsünün önünde birleştirerek soruyor:

"Söyle bakalım, bu koku ne?"

Genç kadın tasvir etmeye başlıyor. Canlı, coşkulu ve kesin bir tavırla, son derece hızlı bir şekilde. Tüyler ürpertecek kadar cesur ve samimi bir dille.

"Meşe ormanı. Kökler, eklem misali toprağın üzerine tek tek çıkmış. Onları sımsıkı saran sarmaşıklar var."

"Nasıl görünüyorlar?"

"Gövdeler, eğilmiş dallar... Koşup üzerimize atlayacaklar gibi. Bedenlerimizi bir anda sımsıkı sararak fırlatıp atacaklarmış gibi. Fakat şu..."

"Fakat? Peki, şimdi ne görüyorsun?"

Yaşlı adamın sesi gitgide daha fazla titriyor.

"Bu kadar uzun süre sessiz kalma. Çirkin ve korkunç şeyleri benden saklama. Neler oluyor? Şimdi bir şey mi oldu?"

Adamın sesi hızlanıyor, daha çok titriyor ve yükseliyor.

"Haydi söyle! Dudaklarınla, dilinle, boğazınla... Şimdi söyle bana! Nerdesin? Elini ver, lütfen bir ses ver!"

Göğsü keskin bir bıçakla oyuluyormuşçasına derin bir acı hissediyor. Kadının elini tutamıyor. O kadın... O kadının eli yok. Bir çocuk gibi ağlıyor. Gözlerini birden açtığı anda, gerçekte rüyadaki kadar ağlamadığını fark ediyor. Yanaklarından yalnızca birkaç damla ılık gözyaşı süzülmüş. Hiçbir teselli olmaksızın, yeniden uykunun içine çekiliyor.

Bu sefer bir rüya değil, bir hatıra.

Üzerine doğru uçan siyah kuş. Karanlığa gömülü merdiven.

Basamakların sonunda yayılan el fenerinin ışığı.

Yaklaşan kadının solgun yüzü.

Bir ürpertiyle hatıradan uyanıyor.

Başka bir rüyanın içine dalıyor.

Bu rüyada her şeyi net görebiliyor.

Onlarca kulaç derinlikteki, soğuk yeraltında toplanmış yabancı insanlar.

Ağızlarından çıkan sıcak buhar.

Her birinin yüzüne birer ceset gibi, birer palyaço gibi sürülmüş bembeyaz kül.

Bir başka rüya, hırsız gibi sinsice süzülüyor.

Loş bir sahne.

Gösteriyi bekleyen seyirciler.

Sahnenin giderek aydınlanması gerekirken, karanlık daha da derinleşiyor.

Tuhaf ve uzun bir sessizlik.

Asla başlamayan bir gösteri.

Tekrar yağmur sesi.

Eskiden sevdiği kadının esmer yüzü.

Soğuk yağmur damlaları.

Şemsiyede,

esmer alnında,

ıslak ellerinin üstünde. Ellerinin üstünde kabaran morumsu damarlarda.

İlk kez duyduğu, berrak ve güzel bir sesle konuşulan Almanca kulağına işliyor.

Ben demiştim, bir gün kendin savunulması imkânsız bir hata haline geleceksin, diye.

Masmavi iplik yumağına sarılı tanıdık oda.

Şimdi okunması gereken, parlak deliklerden oluşan onlarca mektup.

Onun yanında soğuk bir şekilde uzanmış,

Elma kokusu yayan bir insanın belli belirsiz hatları.

Titreyen.

Avuç içinde.

Bir nokta.

Sıcak.

Siyah kum.

Hayır, sert bir meyve.

Donmuş toprağa

gömülmüş.

Virgül

Kıvrılmış

kirpik,

ince

bir nefes

içinde

karanlık

bir kın

içinde

ışıldayan

bıçak,

uzun süre

nefesini tutarak

bekleyen.

Dehşetle gözlerini açıyor. Doğrulup oturuyor. Dışarıdaki ayak seslerinden dolayı uyandığını güçlükle fark ediyor.

Kilitli olmayan kapı yavaşça açılıyor. Koridor tarafı biraz aydınlanıyor. Kapının kapanış sesiyle beraber tekrar karanlık oluyor. Birinin ayakkabısını çıkarma sesi duyuluyor. Yağmur şiddetle yağmaya devam ediyor olsa da az öncekine kıyasla pencereden aydınlık girdiği için karanlık bir insan siluetini tahminen ayırt edebiliyor. Siyah bir varlığın yaklaşmakta olduğunu izlerken, gözlerini kaldırıyor. Bandajsız sol eliyle sertçe yüzünü ovuşturuyor. Yaklaşan varlığın saçlarından yayılan belirgin, ıslak sabun kokusunu duyuyor. Ani bir üşüme gelmiş gibi bedeni titriyor. Siyah varlıktan beyaz bir şey uzanıyor. Sol elini tutup avcunu açıyor. Diğer beyaz şey, yavaşça uzanarak onun avuç içine bir şeyler yazmaya başlıyor:

Gözlükçünün

açılma

saati.

Dokunma duyusuyla cümleyi okuyor:

Acaba,

reçeteniz

var mı?

Var anlamında başını sallıyor.

Yağmur yağdığından,

yalnız

gidip gelsem

daha iyi

olur.

Daha fazlasını bekliyor. Kadının daha fazla yazmasını bekliyor. Kadının yüzünden, vücudundan yayılan soğuk nemi hissediyor.

Reçeteniz

nerede?

Sol elini kadının elinden dikkatlice çekerek ayağa kalkıyor. Masaya doğru ilerlemeye niyetlenmişken birden, sanki başka çaresi yokmuş gibi, loş odada gözünde canlanan kadının solgun yüzüne doğru yaklaşıyor. Dayanılmaz derecede titreyen sol kolunu kaldırarak ilk kez kadının omzuna sarılıyor.

Ağzı şeffaf bant yapıştırılarak kapatılmış biri gibi kadının dudaklarının donup kaldığını bilmiyor. Dün gece ne bu odada ne de ilk otobüse binip eve döndüğünde gözüne uyku girmediğini bilmiyor. Sıcak suyun altında çocuğun banyo sabunuyla uzun bir duş aldıktan sonra, mutfak masasının başına oturup Yunanca defterini açtığını bilmiyor. Buzun altındaki sayısız yol ayrımını el yordamıyla ararcasına, ölü Yunanca harfleri yazdığını, dayanılmaz derecede canlı anadilindeki cümleleri ısrarla peş peşe sıraladığını bilmiyor.

Karanlığa doğru gözlerini açmış, hâlâ kadının omzuna sarılmış duruyor. Yanlış çıkmaması gereken bir ağırlığı tartıyormuş gibi hissediyor. Sonunda yanlış yapıverecekmiş gibi hissediyor. Bunun gerçekten korkutucu olduğunu hissediyor.

Kadının buraya gelmeden önce nerede olduğunu bilmiyor. Karne günü, rengârenk şemsiyelerle dolup taşan okulun önünde beklerken, sonunda *Buzz Işık Yılı* resimli şemsiyeyi, onun altından görünen çocuğun şortunu ve dizindeki fasulye tanesi büyüklüğündeki kahverengi beni fark ettiğini bilmiyor. "Bugün neden geldin? Görüşme günümüz yarın ya." Korkuyormuş gibi kısık sesle konuşan çocuğun yüzüne dikkatle baktığını bilmiyor. O yüze düşen yağmur damlalarını avcuyla sildiğini bilmiyor. Çocuğun adını söylemek için, hazırladığı sözleri dile getirmek için çaresizce dudaklarını araladığını bilmiyor. "Uzaklara gitmesen de olur. Hiçbir yere gitmeden benimle, annenle kalsan da olur. Birlikte kaçabiliriz. Nasıl olursa olsun, bunun üstesinden gelebiliriz," demek için...

Kadının gömleği yağmur ve terden ıslanmış halde. Sargılı sağ elini havada tutarken, kadının sırtını saran sol kolunu biraz daha bastırıyor. Alt kattan birinin kapıyı sertçe çarpıp koridora çıktığı duyuluyor. Çocuğunun karşısında sessiz kalan kadının şemsiyesine yağmur damlalarının çığlık atarak düştüğünü bilmiyor. Spor ayakkabısının içindeki çıplak ayaklarının sırılsıklam olduğunu bilmiyor. "Aniden gelme demiştim ya. Yolun ortasında vedalaşınca daha tuhaf hissediyorum demiştim ya." Çocuğuna sarılmaya, kolunu kavramaya, elini tutmaya çalıştığında, çocuğunun balık misali hızla kayıp giden, yüzgeç gibi yumuşak tenini bilmiyor. Yağmur suyuyla dolan kirli su birikintilerini, su yüzeyine ince iğneler gibi saplanan yağmur damlalarını bilmiyor.

Kapalı pencere pervazının arasından yağmur sesi sızıyor. Tüm cadde ve sokaklara, binalara derin oyuklar açıp çatlatmak istercesine şiddetli bir ses bu. Birinin ayaklarını sürüyerek merdivenlerden indiği duyuluyor. Ardından bir yerlerde tekrar bir kapı çarparak kapanıyor.

İkisinin yüreği birbirine dokunurken bile, adam hâlâ kadını tanımıyor. Uzun zaman önce, küçük bir çocukken, bu dünyada yeri olup olmadığını bilemeden alacakaranlıkta pencereden avluyu seyrettiğini bilmiyor. Çıplak tenine iğne gibi batan, sözlerden örülmüş zırhı bilmiyor. Kadının gözlerinde kendi gözlerinin yansıdığını, o yansıyan gözlerde kadının gözlerinin, sonra yine kendi gözlerinin... Böyle sonsuz bir döngüde yansımaların devam ettiğini bilmiyor. Bu sonsuzluk korkusuyla kadının, zaten kan oturmuş dudaklarını sımsıkı kenetlediğini bilmiyor.

Kadının yüzündeki en yumuşak yeri bulmak için gözlerini kapatıp yanağıyla yokluyor. Kadının soğuk dudaklarına yanağı değiyor. Uzun zaman önce Joachim'in odasında gördüğü güneş fotoğrafı kapalı gözkapaklarının ardında alev alıyor. Alev alev yanan devasa ateş topunun yüzeyinde kara noktalar hareket ediyor. Patlayarak yer değiştiren binlerce derece sıcaklıktaki kara noktalar... Onlara yakından bakmış olsa, ne kadar kalın bir negatif filmle korunursa korunsun irisi kavrulup yok olurdu.

Gözleri kapalı halde, kadını dudaklarından öpüyor. Islak kulak altını, kaşlarını... Uzaklardan gelen, belirsiz bir yanıt gibi, kadının soğuk parmak uçları onun kaşlarını bir an sıyırıp kayboluyor. Onun soğuk mu soğuk kulak kepçesine, göz kenarından dudağına uzanan yara izine dokunup kayboluyor. Sessizce, uzaklarda kara noktalar patlıyor. Dokunan yürekler, birleşen dudaklar sonsuza dek birbirini ıskalıyor.

21
DERİN SULARDAKİ ORMAN

O zaman biz denizin altındaki ormanda yan yana yatıyorduk.

Ne ışık ne de ses vardı orada.

Sen görünmüyordun.

Ben de görünmüyordum.

Sen ses çıkarmıyordun.

Ben de ses çıkarmıyordum.

Sonunda sen çok küçük bir ses çıkarana dek,

dudaklarının arasından

yuvarlak ve narin su kabarcıkları süzülene dek,

orada yan yana uzanıyorduk.

Sen (konuşmaya) çok istekliydin.

Ürkütücü bir sessizlik vardı.

Karanlıktı,

Gece karanlığının ardından gelen daha derin bir gece misali.

Basınçtan tüm canlıların bedeninin düzleştiği derin okyanus misali.

Bir an işaret parmağını gezdirerek çıplak omzuma yazdın:

"Orman, orman..."

Sonraki sözünü bekledim.

Devamının gelmeyeceğini anlayınca gözlerimi açıp karanlığa baktım.

Karanlıkta belli belirsiz yayılan bedenini gördüm.

O zaman biz çok yakındık,

Dip dibe uzanmış, birbirimize sarılmış haldeydik.

Yağmur sesi durmuyordu.

İçimizde bir şey kırılmıştı.

Ne ışığın ne de sesin olduğu o yerde,

Su basıncına dayanamayıp paramparça olan mercanların arasında,

Bedenlerimiz tam da yükselmek üzereydi.

Öylece yükselmek istemediğim için

Kollarımı boynuna doladım.

Parmaklarımla omzunu yoklayıp öptüm.

Bir daha öpemeyeyim diye,

Yüzümü ellerinle kavradın ve küçük bir ses çıkardın.

İlk defa,

Kabarcık gibi, narin ve yuvarlak.

Bense nefesimi tuttum.

Sen nefes almaya devam ediyordun.

Senin nefes alıp verişini duymaya devam ettim.

O andan itibaren yavaşça yükselmeye başladık.

Önce su yüzeyindeki ışığa hafifçe dokunduk,

Sonra karaya doğru hızla sürüklendik.

Korkuyordum…

Korkmuyordum.

Ağlamak istiyordum...

Ağlamak istemiyordum.

Bedenimden tamamen kopmadan önce,

Bana yavaşça bir öpücük kondurdun.

Alnıma.

Kaşlarıma.

Gözkapaklarıma.

Sanki bana zaman öpücük konduruyordu.

Dudakları dudaklarıma her değdiğinde, umutsuz bir karanlık birikiyordu.

Sonsuza dek izleri silen kar gibi, sessizlik birikiyordu.

Dizlerime, belime, yüzüme kadar, susarak yığılmıştı.

0

İki elimi göğsümün önünde birleştiriyorum.

Dilimin ucuyla altdudaklarımı ıslatıyorum.

Göğsümün önünde birleşen iki elim sessizce, hızla hareket ediyor.

İki gözkapağım titriyor, böceklerin hızla çarpışan kanatları gibi.

Hemen tekrar kuruyan dudaklarımı açıyorum.

İnatla, daha derin nefes alıp veriyorum.

Nihayet ilk heceyi telaffuz ettiğim an, gözlerimi sıkıca kapatıp açıyorum.

Gözlerimi açtığımda her şeyin yok olacağını göze almış gibi.

YAZARIN SÖZÜ

Kitabı bitirmeden hemen önce, kitabın sonunda yazılan "Yazarın Sözü"nün emeği geçenlere teşekkür etmek için ayrılmış bir alan olduğunu düşünürüm.

Eski Yunanca bölümünün çevirisine yardımcı olan Rhodes Yayınevi'nden Suyong Kim'e teşekkür ederim. Tanıtım bültenini seve seve kaleme alan Soyon Yi'ye, beni destekleyip teşvik eden editörüm ile Munhakdongne Yayınevi'nin tüm çalışanlarına minnettarım. İlgi ve desteklerini hiç kesmeden bana güç verenlere, kendileri bile fark etmeden beni teselli ederek dayanma gücü aşılayan yayınevi çalışanlarına teşekkürü bir borç bilirim. Yazma eyleminin bana lütfedilmiş olmasına, yazmanın hayatımı tüm gücüyle devam ettirmemi sağlamasına şükrediyorum.

Bu romanla birlikte geçirdiğim yaklaşık iki yıllık zamanı, hikâyenin içindeki adam ve kadın arasındaki sessizlikleri, sesleri, bedenlerinin sıcaklığını ve özel anların ışığını unutmak istemiyorum.

2011 sonbaharının son günlerinde bir akşam

Han Kang